내가 어떤 모습이어도 걱정하지 않았으면

내가 어떤 모습이어도 걱정하지 않았으면

초판 1쇄 발행 | 2018년 7월 16일

지은이 | 정유란
펴낸이 | 공상숙
펴낸곳 | 마음세상

주 소 | 경기도 파주시 한빛로 70 507-204

출판등록 | 2011년 3월 7일 제406-2011-000024호

ISBN | 979-11-5636-266-1 (03810)

원고 투고 | maumsesang@nate.com

ⓒ정유란, 2018

* 값 13,000원

* 마음세상은 삶의 감동을 이끌어내는 진솔한 책을 발간하고 있습니다. 참신한 원고가 준비되셨다면 망설이지 마시고 연락주세요.

이 도서의 국립중앙도서관 출판예정도서목록(CIP)은 서지정보유통지원시스템 홈페이지(http://seoji.nl.go.kr)와 국가자료공동목록시스템(http://www.nl.go.kr/kolisnet)에서 이용하실 수 있습니다. (CIP제어번호 : CIP2018020824)

내가 어떤 모습이어도 걱정하지 않았으면

정유란 지음

마음세상

들어가는 글

—

내가 어떻게 살았고 왜 글을 쓰게 되었고 그런 이야기는 별로 중요하지 않다. 어릴 때부터 글쓰기를 좋아했지만 이런 습관으로 인해 내가 대단한 것을 얻었다기보다는 삶의 힘들었던 시기에 휩쓸려 있을 때 글을 쓰며 그 순간들을 지나온 것이고 누군가에게 말하지 못하는 이야기들을 기록했던 종이들을 조각조각 가지고 있다가 묶어낸 것뿐이다.

그러다가 새로운 환경에서 만난 선배에 의해 책을 쓸 수 있는 좋은 기회를 얻었고 내가 살아온 게 헛수고는 아니었구나, 그래도 뭔가 하나 내 존재를 인정할 수 있는 무언가를 스스로에게 남기고 갈 수 있게 되었구나, 싶었다. 타인의 눈과 말이 무서워 숨겨 놓았던 해괴한 그림을 세상에 내보이게 된 것이다.

조금은 나태하고 변덕스럽다. 그리고 몹시 고상하지 못하다.

아주 어릴 때부터 치유될 기회 없이 만성화된 우울증을 가지고 살아오며 일상의 순간들과 만남의 찰나에서 느끼고 깨달았던 그리고 다른 이들은 혹 이해하기 힘들지도 모를 감정들과 나의 나약함을 진솔하게 표현하자니 비참하기 그지없던 것도 사실이었다. 대체로 비관적이고 극단적이며 우울한 사람이 살아가며 느끼는 솔직한 감정들과 그런 눈으로 본 세상에 대한 이야기라고 표현하면 괜찮으려나. 정신적인 어떤 성장이나 스토리의 대단한 진행도 없다. 단지 살아가는 데 있어 하나의 수단인 글쓰기를 하면서 정신적인 피로와 위기를 순간순간 넘겨온, 살아 있다기보다는 죽기 전 시간들의 대한 이야기다. 언제 죽을지는 모르지만, 인생이란 게 그런 거 아닌가 싶다.

위선과 탐욕으로 미어터질 듯한 세상을 경멸하지만 그럼에도 불구하고 내 방식대로 세상을 사랑하고 살아가는 이야기, 어쩌다 내 삶과 뒤엉킨 주위 사람들과의 사연들이 곁들여져 있을 뿐이다. 삶과 죽음에 대해 집착을 버리지 못하는 이상한 친구가 주절주절 떠드는 말이라고 생각하고, 이런 사람도 살고 있구나하는 마음으로 편하게 읽어주면 좋을 것 같다. 인생이 너무나 지루하며 길게만 느껴지고, 죽고 싶고, 짜증 날 때, 세상 저편으로 사라지고 싶을 때, 나만의 굴속으로 도망치고 숨고 싶을 때 읽으면 더 좋을 수도. 연극으로 치면 부조리극처럼.

내 정신은 많은 것들이 누락되어 있어 세상과의 이질감이 심하여 당최 순수한 삶이란 게 무엇인지 의문스러웠다. 나에겐 자유로움마저도 균열되어 있었다. 모든 애정과 다정함을 배제한 자유로움. 사랑받는 것에 대한 포기, 꿈꾸는 것에 대한 포기, 자아실현의 갈망에 대한 포기까지 내포하는 권태에 의한 자유로움이었다. 나는 무척이나 위선적인 사람이었으나 아직은 영화 속 고등학생에 머물러 살고자 하는 욕망을 갈구하였다. 나는 여전히 아무것도 알지 못한다.

그럼에도 불구하고 나는 언제나 가득 찬 삶을 살았다고 말한다. 내용의 중요성을 따지지 않고 똥이든 된장이든 가득 찼다면 어쨌든 가득 찬 삶이 아닌가 싶다. 물론 희망으로 가득 찬 삶은 아니었지만 대신 그 자리를 채워주었던 염세나 회의도 삐딱하게나마 나를 지탱한 소중한 것들이었다.

심각한 우울증 속에서 글쓰기는 나에게 축복만은 아니었다. 표현하는데 과격하고 지나치게 솔직하여 서투르게 이곳저곳을 쿵쿵 부딪히듯 하며 다녔다. 치유가 다 같이 하는 치유가 아닌 나 혼자만의 치유였던 것이다. 글과 나를 분리시키는데 오랜 시간이 걸렸으며 천천히 자아를 다듬어 갔다. 그저 이야기 할 수 있음에 감사한다. 다른 활동적이고 예술적인 방법이었다면 순간이나마 모든 것을 잊고 즐거웠을지 모르지만, 글이라는 방법이었기에 더 직접적으로 발산하고 집중할 수 있었다고 생각한다.

더러운 것에 더 더러운 것을 뿌려대며, 통증에는 더 큰 통증으로 처음의 통증을 잊게 하듯 유치하고 비참하고 무기력하게 죽음의 악취를 풍겨대며, 삶이 아니라 죽음에 무던하게 다가가려고 노력한다. 책 한 권짜리 유서라고 표현하는 게 맞겠다. 독자가 얻을 이익이나 활용법 따위는 잘 모르겠다. 꼭 그런 게 있어야만 책이라고 부를 수 있는 것은 아니니까. 각자 자신의 환경이나 정서에 따라 다른 것을 느끼지 않을런지. 지금 당장 죽고 싶어질 수도 혹은 미친 듯이 다시 살고 싶어질지도 모를 일이다.

그래도 나의 이야기 속에서 숨겨져 있는 생에의 애착을 발견해 주었으면. 우리는 너무도 다른 방법으로 의미를 전달하고 전달받는다. 이해하지 못하고 소통하지 못하여 낙담하고 외로워하고 있음을 느낀다. 초라하고 가엾다. 사람들은 만족하지 못할 것을 알면서도, 그곳에서 아무리 뒤지고 찾아 헤매도 답을 얻지 못할 것을 알면서도 만져지지 않는 무언가를 움켜잡기 위해 애쓴다. 과연. 나는 그곳에서 아무것도 발견하지 못했다. 부산하고 수선스러운 삶이다. 그들이 얻기 위해 애쓰는 그 무언가는 더 넓고 더럽고 차가운 곳에 있는 것은 아닐까. 그곳에 닿을 수 있는 용기가 있어야만 발견할 수 있는 것은 아닐까. 삶이란 것에 더디지만 꾸준히 다가가고, 메말랐지만 아프게나마 쓰다듬는다.

친구에게 고민을 얘기하듯이 소곤소곤 카페에서 오늘 하루를 나누듯이 그렇게 당신만 힘든 게 아니라고 조용하면서도 조금은 차갑게, 경솔해 보여도 눈치 보지 않고 솔직하게 내 이야기를 해봐야겠다고 생각했다. 책이라 생각하지 말고 친구가 쓴 글을 몰래 훔쳐본다고 생각해 주었으면 좋겠다.

나는 오늘도 삶과 죽음을 고민하며 별로 변한 것 없이 하루하루 내 정신과 투쟁하듯 살아가고 있다.

오늘도 아슬아슬하게 버텨낸 당신과 함께하고 싶어 글을 쓴다.

제1장
글 쓰는 인생이 아름답다

집중력

어느 순간 모든 것이 갑자기 재미없어지고 지루해지는 시기가 왔다. 매일 마주하고 나를 감싸고 있던 익숙한 것들, 신물 나도록 지겹던 모든 것이 어느 날 아침 갑자기 낯설어졌다. 열심히 배우던 운동이 재미없어지고 매일 만나던 남자친구가 덤덤해지고 그렇게 맛있던 음식이 질리듯 책을 읽는 것도 글을 쓰는 것도 의미 없고 지겨워지는 시기였다. 무슨 하고 싶은 말이 그렇게 많았는지 내가 어떤 아이인지 글로 표현하지 못해, 남들에게 보여주지 못해 안달이 났었다. 내가 하고 싶은 말과 생각을 키보드가 따라가지 못하던 구구절절한 그런 시기가 있었는데 어느 순간 생각과 표현들이 간단해지고 단순해지며 심지어 무의미해지는 것이었다. 어른이 되어가는 것이라고 생각했다. 그 당시 내가 본 어른들은 하고픈 말을 삼키고 버티며, 삭히고 아닌 척 하는 모습이었다. 그즈음 어릴 적 친구와 자연스레 멀어지듯 내가 소중하게 여기던 책들과도 자연스럽게 멀어지며 나를 불구와도 같이 뒤뚱거리게 만들던 하나의 짐을 덜은 느낌이었다. 어떻게든 안고가야 할 필요악을 떨쳐내고 가벼워진 느낌이랄까. 좋은 것은 취해야 한다는 강박이지 않았을까. 맛있는 것이 있으면 먹어야 하듯이 책이 있으니 읽어야 하고, 오늘을 살았으니 일기를 써야 하는 그런 비슷한 논리의 강박이었던 것 같다. 지린내로 숨 막히게 하는 감옥 과도 같은 정신 속에서 우리 그동안 너무 멀어져 있었다. 그리웠고 보고 싶었고 다시 만나고 싶었지만, 다시 시작된 관계 속에서 느껴야 할 부담이 싫었다. 그냥 조금 허전해도 가볍고 편하게 지내고 싶었다.

나는 또한 비겁하여 물이 흐르는 쪽으로 자연스레 표류하길 내심 바랬다. 무언가 선택하고 싶거나 해야 할 상황이 생겼을 때 꽤 완벽한 두 상황 중 하나를 골라야 하는 것은 훗날 다가올 후회를 견디지 못할 것이라는 망상에 사로잡혀 어쩔 수 없이 선택해야 했다는 듯 혹은 그 당시에는 이것이 옳은 선택이었다는 듯 핑곗거리를 댈 만한 계기가 나타나 주길 바랬다. 그러나 다행히도 나는 비교적 자주 죄책감 없이 내 선택을 바꾸며 삶에서 도망 다닐 수 있었으며 누군가의 비난도 피할 수 있었다. 그것은 남들 보기에 아주 도전적이거나 용기 있거나 혹은 자유로운 모습으로 비춰지기도 했다.

나는 여전히 균열된 자유로움을 느낀다. 누군가에게 박수받지도 촉망받지도 못하는 자유로움. 이 가늠할 수 없는 거대하고 흐트러진 시간 속에서 전율을 느낄 만한 감동은 없지만, 오히려 내 정신은 가벼워졌다고 느끼는데 사랑받는 것에 대한 포기, 꿈꾸는 것에 대한 포기, 자아실현의 갈망에 대한 포기까지 내포하는 권태와 격리에 의한 자유로움이지 않을까. 이 모든 것들은 짓밟힌 채로 내가 위선적인 사람이라고 우물거린다. 하지만 어떻게 가장 중요한 것들을 포기하고 살면서 살아있다고 할 수 있겠는가.

대게 심한 우울증 환자들은 표면적으로 멍해 보인다. 하지만 나는 가득 찬 삶이었다고 말하고 싶다. 어떤 것으로든 가득 차 있다면 마음이 풍요롭지 않을지언정 똥이든 된장이든 어쨌든 가득 찬 삶이지 않은가. 정확히 말하면 삶에 대한 안개 같은 무의미와 회의였을지라도 말이다. 죽음 이외에는 모든 것에 무관심한 날들, 언제나 극도의 피로에 지쳐 멀뚱하여 텔레비전을 바라보고 있어도 무슨 화면이 나왔는지 몰랐고 대화를 하면서도 무슨 이야기를 했는지 관심이 없었다. 나 자신만 바라보고 있는 것도 아니고 내 모든 열정을 쏟아 이루고자 하는 목표나 주제가 있는 것도 아니었다. 그렇다고 상사병에 걸려 누군가의 얼굴만 떠올리는 것도, 잠도 못 이루게 하는 고민이 있는 것도 아니었다. 단지 삶은 모든 의지를 몽땅 앗아가 버려 주위를 둘러보고 관심을 보이는 척 하는 것조차 누군가의 질문에 단답형의 대답을 하는 것조차 귀찮고 버거울 뿐이었다. 삶의 권태와 스스로의 소멸, 1분 1초 흐르는 시간을 그대로 의식하고 있어야 하는 내 비참한 정신은 언제나 소진되어 있었다. 술이나 성에 자신을 녹이는 사람들을 이해할 수 있을 것 같았다. 어느 작가의 말처럼 나는 악하고 불신자이며 게을렀다.

푹푹 빠져대는 늪에 다리를 처박고 빠져나올 수 있을 거라고는 생각하지 않았다. 이것이 내 천성이고 하늘에서 쥐어 준 내 운명이고 오히려 눈부시게 꽃가루가 나풀대는 다른 세상에서는 살 수 없다고 생각했다. 나만의 세계에서 헤매는 것도 나쁘지 않을 거라고 언저리에서 서성일 뿐 투명하고 맑고 활기찬 세상은 내 것이 아님을 받아드려야 그나마 편하게 지낼 수 있다고 믿었다. 극단의 슬픔에서 느낄 수 있는 쾌감이라는 게 있다. 결국 영혼의 침식이다. 용기가 있었더라면 달라졌을까. 아니, 나는 그렇게 생각하지 않는다. 나는 용기가 없었던 것이 아니었다. 오히려 과하다 싶을 정도로 창피하다 싶을 정도로 과격하고 무모하게 삶에의 욕망에 부딪혔고 직접적으로 접촉했으며 뛰어들었다. 온 갖 불신과 혐오를 부둥켜안고서 삶을 나름의 방식으로 사랑하고 받아들이기 위해 애썼다. 항상 죽음만을 생각했지만 죽고 싶지 않았기에 돼지처럼 똥물 위에 뒹굴었다. 인간이라면 행복하고자 하는 욕구는 본능이다. 내가 인식하지 못해도 인간은 그 방향으로 나가고자 주춤거릴지언정 끊임없이 움직인다.

나는 글을 쓰며 추상적인 위로가 아닌 스스로를 붙잡아 침착하게 세상에 서 있을 수 있도록, 체념이나 타협이 아닌 내가 나를 존중하고, 솔직하면서도 당당하게 마주할 수 있는 기회를 얻길 희망했다. 언제나 인간과 삶은 강압적으로 이루어진 탓에 인간은 소심하여 하기 힘든 말을 목소리 덜덜 떨며 이야기하는 것보다 글로 쓰는 것이 얼마든 쉬울 것이다. 죽어도 인정하기 싫은 것 말고는 스스로에게가 아니면 누구에게 솔직할 수 있을까. 내가 나에게 하는 말보다 다른 누군가에게 더 솔직할 수 있을까? 돈을 주고 상담을 받아도 백 퍼센트 그럴 수는 없다. 분명히 누군가에게는 죽을 때까지 말할 수 없는 말하기 싫은 사연이나 감정들이 있을 것이다. 하지만 그것을 자신과 소통하고 털어놓음으로써 우리가 얼마나 홀가분해질 수 있는지 우리는 알고 있지 않은가. 그리고 사실은 그것이 그렇게 비난받을 만한 일이 아니고 누군가는 겪어왔으며 누군가는 인정하고 공감할 것이라는 것을, 또 앞으로도 누군가는 같은 일을 겪을 것이라는 것을 우리는 비슷한 기류에 합류 당한다는 것을 알고 있을 것이다. 이제 아무도 영웅을 원하지 않고 영웅이란 이 시대에 어울리지도 않으며 그런 영웅의 시대는 지났다. 우리는 영웅을 환호하지도 않을 것이며 영웅이 되려고도 하지 않을 것이다.

타인이 나에게 내 삶을 통째로 뒤엎어 놓을 만큼 영향을 미치지 못할 것이란 걸 알면서도 우리는 비난을 받을까 두려워하며 예민하게 반응한다. 우리는 왜 그저 그렇게 조용히 지내다가 조용히 사라지길 바랄까. 아닐 것이다. 조용히 있길 원하는 것이 아니라 확신 없는 용기로 인해 필요치 않은 상황을 자초시켜 혹시 모를 비난을 받느니 차라리 미적지근한 삶을 택하는 것이다. 가지고 있는 욕구를 표현하는 것은 드물어서 마치 유리병 속에 편지를 담아 아무도 받을 사람 없는 바다에 던지는 꼴과 비슷하다. 세월이 흘러 흘러 잊힐 때쯤, 혹은 삶이 끝나갈 때쯤 누군가 발견해주면 좋은 거고 아님 마는. 행복과도 같은 자기증명 욕구는 이렇게 글쓰기를 발전시킨 것이 아닐까.

내가 생산적인 집중을 했던 시간이라면 글을 쓸 때뿐이었다. 누구나 나에게 이런 집중력이 있었나 했던 때가 있을 것이다. 누군가는 공부할 때겠고, 누군가는 게임을 할 때, 누군가는 운동을 할 때, 누군가는 쇼핑을 할 때일 것이다. 세상만사 근심걱정 다 잊고 몰두했다고 한다면 게임이 최고라고 하겠지. 내가 게임을 안 하는 이유는 유치해서가 아니라 선천적인 육체적 정신적 아둔함 때문이다. 답답한 순발력과 한 코너만 돌아도 이곳이 어느 방향인지 잃어버리는 멍청한 공간지각능력은 노력으로 되는 것만은 아닌가 보다. 대학 때도 친구들하고 모여 술을 마시고 게임을 하면 항상 나만 걸려서 금방 흥미를 잃고 삐져서는 '나 안 해.'를 외쳐댔던 이유기도 하다. 아무튼 일기를 쓰는 버릇은 집착과도 같았는데 오늘을 일기로 남기지 않으면 그날의 내 존재와 기억이 영원히 사라질 것 같은 기분으로 썼을 뿐 처음 글쓰기는 결코 치유와 소통의 방법이 아니었다. 그 후로도 괴로워서 한참을 다시 읽어 보지 않았으니까. 오히려 누가 몰래 훔쳐볼까 봐, 내 감추고 싶은 시절을 들킬까 봐 첩첩이 쌓여있는 일기를 생각하면 마음이 불편했다. 일기 쓴 것에 대해 후회해 태워버릴까도 생각하고 소각장이 어디 있나 알아보기도 했다. 그렇게 심리적으로 여러 단계를 거쳤다. 사랑도 죽음도 그렇지 않은가. 처음 사랑을 시작할 때는 설레고 알아가면서 부딪히고 익숙해지고 그러다 지겨워지듯이, 처음 불치병 진단을 받았을 때 부정, 분노를 거치고 타협, 우울을 지나 마지막엔 수용하듯 말이다.

글쓰기가 나에게는 하늘에서 광명을 비추며 나를 구원하듯 어느 순간 찾아온 축복이 아니었다. 고등학교 때는 문학 선생님께 칭찬받고 교지에 글을 올리고, 대본을 써서 방송국에 보내는 등 도취의 시간도 거쳤다. 누가 보든 말든 좋아하든 말든 상관없이 스스로 뿌듯하고 자랑스러웠다. 나는 평생 글을 쓰고 살 것이라고 믿었다. 지나치게 솔직하고 오만한 글로 인해 예고 없이 인터넷상에서 내 글이 삭제되거나 학교 선생님과도 싸우는 등 대립의 시기도 겪었다. 나는 선생님의 어떤 모습이 그렇게 마음에 안 들었는지 학교 홈페이지에 적나라한 욕 아닌 욕을 써서 한바탕 뒤집어졌던 적도 있다. 인터넷 카페 등에서 쓴 글이 예고도 없이 삭제를 당한 적이 6~7번이 있는데 결코 풍기를 문란하게 만들거나 이상한 내용이 아니었다. 그저 궁금한 것들을 적은 것뿐이었는데 무자비하게 삭제당해 속상했다. 고등학교 때 익명 카페에서는 내가 쓴 글로 인해 답글에 답글이 며칠 동안 줄줄이 달리고 토론이 일어나 몇 페이지가 내 글로 인한 파장으로 시끄러웠던 일도 있었다. 나의 추태는 끝이 없었다. 글쓰기가 수단이 아닌 말 그대로 축복이 되기까지는 긴 시간이 필요했다. 세상에 나를 표현하는데 수위 조절이 안 되고 서툴렀다. 나만 치유가 되었지 남은 그렇지 않았던 것이다. 그렇게 천천히 글과 나를 분리시켜 갔다.

많은 시행착오를 겪으며 사람들과 소통하고 타협하며 둘러가는 방법을 배웠다. 무엇보다 나 자신을 세상에 표현할 수 있음에 감사한다. 춤이나 노래였다면 더 신나고 즐거웠을지 모르지만 어쨌든 글이라는 방법이었기에 더 직접적으로 발산하고 집중할 수 있었다고 생각한다. 힘들고 속상한 일이 있을 때는 무조건 글을 썼다. 아무리 이해가 안 되고 받아들여 지지 않는 일들도 천천히 글을 써 내려가며 곱씹고 곱씹어 생각해보면 아무것도 아닌 일이 되었고 삶에 대한 분노에 차분해질 수 있었다. 다시 읽어보기 힘든 일기도 객관적인 시선으로 바라보니 너무 우스워 참을 수 없었다. 이렇게 재미있는 것을 나 혼자 보기 아까울 정도였다. 엉뚱하고 미숙하고 삐딱했지만 귀여웠다. 그 기간만큼 나는 성장했을 것이다. 글쓰기에 기대어 나는 성장했다. 여전히 삐딱할지라도 당당히 옳은 것을 지지하고 나쁜 것은 배척할 수 있고, 서툴러도 진심을 다해 감사를 표현하기를 좋아하게 되었다. 글쓰기란 단지 현실을 잊고 그저 뭔가를 쏟아붓고 마는 것이 아니라 나를 향한 집중의 시간 속에서 세상과 융화되어 가는 것이다.

마음의 병

어릴 때부터 우울증이 심했다. 초등학교에 다닐 때는 우울증이 강박의 증상으로 나타났었다. 그땐 몰랐는데 지금 생각하면 꽤 어린 나이였다. 초등학교 4학년 정도부터였으니까. 아침에 일어나면서부터 강박증에 옭아 매여 하루 종일 같은 생각에 같은 행동을 반복해야만 했다. 양말도 정해진 순서부터 신어야 했고, 밝은 색을 신어야 좋고 어두운 색을 신으면 안 좋았다. 연립 2층에 살았는데 계단 내려올 때 손잡이를 잡으면 안 되고 길도 큰길 말고 저쪽 작은 길로 다녀야 했으며 집에 돌아오는 길에는 햇빛이 비쳐 더워죽을 것 같아도 항상 오른쪽 길로만 걸어와야 했다. 땅 위에 금을 밟으면 그 금이 내 발에 새겨진 것 같았고 블록의 모서리를 밟으면 나머지 모서리도 다 밟아야 해서 길을 가다가도 다시 돌아와서 밟고 가곤 했다. 책을 읽을 때도 괴로웠다. 글을 쭉 읽어나가다 보면 갑자기 눈이 튕겨서 다시 앞으로 돌아오곤 했다. 그래서 한 줄을 읽어 넘어가기가 힘들었다. 이해가 안 가는 것도 아닌데 읽은 부분을 읽고 또 읽고 했다. 책 사이나 모서리에 뭔가가 끼어있는 것에 집착해 그것을 빼지 않으면 안 되었다. 수업이 끝나고 실내화를 갈아 신을 때도 복도 안에서 갈아 신어야지 복도 밖에서 갈아 신으면 안 되었다. 자꾸 무엇을 확인하려고 했는지 창밖을 내다보며 밖을 확인했다. 밥 먹다가도 텔레비전을 보다가도 자꾸 확인하지 않으면 불안했다. 기도도 아닌 주문도 아닌 어떤 말을 속으로 반복해서 끝없이 말했다. 이것들 말고도 수많은 강박증이 나를 괴롭히고 옭아매고 불안하게 만들었다. 왜 그랬을까 이유를 생각해보면 가정폭력이 시작되던 즈음이라 그랬을 수도 있고, 어릴 때 엄마랑 떨어져서 할머니 집에서 살면서 학대받은 경험 때문일 수도 있고 그것도 아니라면 선천적이거나 호르몬 혹은 뇌의 이상으로 그랬을 수도 있을 것이다. 확실한 이유는 잘 모르겠지만 우울증의 전 증상이었던 것 같다.

중학교 때는 부모님의 이혼과 더욱 심해진 가정폭력으로 증상이 깊어졌다. 잠을 잘 때도 아빠가 나를 죽이러 쫓아오는 꿈, 내가 아빠를 죽이는 피가 낭자한 꿈에 시달렸다. 자고 있는 아빠를 돌로 머리를 내려쳐서 죽이는 꿈을 많이 꾸었다. 꿈에서 세상 사람들은 그렇게 차갑고 무관심하고 냉정할 수가 없었다. 한번은 꿈에서 기차를 타고 내가 모르는 마을에 밤늦게 도착했는데 길에 상가도 없어서 어둡고 사람도 없었다. 어떤 남자가 나를 따라오는 것 같아 무서워서 어디 숨을 곳 없나 둘러보니 작은 슈퍼마켓이 하나 있는 것을 보았다. 물건을 사는 척하려고 들어갔는데 슈퍼 안은 정말 시골 깡촌에나 있을 법한 몇 개되지도 않는 물건을 올려놓고는 장사 따위에는 신경도 안 쓰는 곳이었다. 어둡고 칙칙한 분위기를 풍겼는데 물건도 없는 슈퍼에서 오래 있으면 내가 눈치챘다는 것을 그 따라오는 남자가 알까 봐 아줌마한테 도와달라고 얘기라고 할

까하고 쳐다보았다. 그런데 아줌마는 내 옆에서 살인사건이 나도 관심 없을 것 같은 표정으로 신문만 보고 있었다. 난 그 꿈이 아무리 시간이 흘러도 잊히지가 않는다.

환청, 환취, 환촉 등의 증상도 심했다. 머리를 감으려고 화장실에만 들어가면 전화벨 소리가 들려서 머리를 감다 말고 몇 번을 나왔다 들어가기도 하고 잠이 들려고 하면 누군가 부르는 소리에 깜짝 놀라 잠에서 깨기도 했다. 의미 없는 말소리가 많이 들렸다. 레고 장난감이 의자에 앉아 있거나 돌아다니기도 했고 가끔 장소에 어울리지 않는 냄새도 많이 맡았다. 등산을 하면서 잣죽 냄새를 맡는다든지 걷다가 피비린내가 나서 구역질을 한다든지 하는 식이었다. 갑자기 눈앞에 무서운 장면이 보이기도 했고 잠을 자다가 누가 나를 만지는 느낌에 깨면 아무도 없었다.

스트레스로 몸도 많이 망가졌다. 수시로 세상이 왔다 갔다 흔들리는 어지러움에 너무 힘들었다. 지독한 소화불량은 주기적으로 나타나 1~2주 정도는 밥을 거의 못 먹다시피 했다. 평소에는 구역질이 심해 잠을 자다가도 토하고, 밥을 먹다가도 토했다. 변비로 2주 동안 화장실을 못 가거나 혹은 하루 종일 설사를 했다. 너무 구역질이 심해 신생아들이 먹는 두유나 분유까지도 먹어보았다. 그때 망가진 몸은 아직도 많이 좋지 못하다. 일상생활은 정상적일 수 없었다. 학교야 아프면 빠지고 되는 거고 그럭저럭 졸업은 했지만, 직장생활은 1년 이상을 유지하기 힘들었다. 언제나 도망 다니기 바빴다. 나는 살아있는 사람이 아니었다. 지금 생각해도 그렇게 사느니 차라리 죽고 다시 태어나는 게 낫다고 생각한다. 아마 나에게 그런 시기를 다시 겪어야만 한다고 신이 지시를 내린다면 그냥 죽음을 선택할 것이다. 안 그래도 나는 아무 때나 내가 죽고 싶을 때 죽어야 한다는 그것도 일종의 강박이었는데 그럴 수 없을지도 모른다는 불안에 항상 자살의 준비를 갖춰놓았다. 집에 있는 커튼 묶는 끈이 부드럽고 튼튼해 아프지 않을 것 같았다. 그리고 벽장 속 옷걸이가 튼튼해 목을 매기에 안성맞춤이었다. 또 벽장 속에 있으니 남은 사람들이 나의 끔찍한 모습을 방문 열자마자 보지 않고 마음의 준비를 조금이라도 하고 볼 수 있겠지 싶었다. 끈이 풀리지 않게 묶는 법도 인터넷에서 찾아 연습해놓고 유서도 써서 항상 가지고 다녔다. 그것이 나의 생을 하루라도 이어주는 방법이었다. 그렇게라도 해서 버티고 살아나갈 수 있다면 칭찬은 못해도 비난할 수는 없는 것 아닌가.

그렇게 고등학교 시절도 살아남았고 대학 때부터는 진정한 우울증의 증상을 겪었다. 주기적으로 우울증은 발작처럼 찾아오는데 한 번 시작되면 몇 주 이상 지속되었다. 아무 일 없이도 내일 크고 중요한 발표라도 있는 듯 가슴이 조여 오며 당장 죽음이 닥칠 것 같은 불안함과 우울, 평범한 삶 속에서는 결코 느낄 수 없는 감정들이 폭발하듯이 솟구치면 방에 커튼도 다 닫아놓고 깜깜한 곳에서 불도 끄고 텔레비전도 켜지 않고 그냥 죽은 사람처럼 멍하니 누워 있거나 잠만 자거나 울기만 하는 날들을 보낸다. 직장에 있을 때도 몰래 화장실이나 다른 방에 숨어 엉엉 울곤 했다. 맨날 똑같은 시간에 똑같이 하는 루틴 업무도 잊어버리고 오늘이 며칠인지도 의식하지 못한다. 무기력과 무의욕에 사로잡힌 나날들. 살아야 할 아무 이유도 없는 모든 것이 무의미한 날들이 그렇게 나를 괴롭히다 천천히 도망간다. 희망이란 단어는 존재하지 않았다. 굳이 찾자면 죽는 것이 희망이었다. 내가 죽고 싶을 때 죽을 수 있는 것. 그것만이 나를 안심시켰다. 가끔 밤이면 불쑥 옛날 기억이 최면에 걸린 듯 생생하게 떠올라 견딜 수 없이 화가 났다. 정상인이라면 그러다 말지만, 나의 이 증상은 몇 시간

23

이 지나도 절대 가라앉지 않고 무언가를 부수든 엄마한테 당장 전화해서 욕이라도 하든 폭력적인 방법으로 풀어야 가라앉았다. 사도세자가 살아생전 울화병으로 견딜 수 없는 분노가 시작되면 사람을 죽이고 했다는데 나는 이것이 우울증의 증상 중 하나라는 것을 안다. 사도세자가 얼마나 괴로웠을지 나는 짐작할 수 있다.

  우울증에 한껏 오그라들어 그렇게 산 것도 죽은 것도 아닌 날들, 아주 어둡고 날카로운 길을 오랫동안 걸었다. 좌우로 위아래로 재보아도 들어맞지 않는 내 뻐딱한 틀 속에서 나는 그렇게 사회에서도 인간관계에서도 고립되어갔다. 세상과의 도무지 견적 안 나오는 이질감에 괴로워했다. 이 세상은 내가 있을 곳이 아닌 것 같았다. 삶이 너무나 위태로웠다. 나와 이 세상으로 이어진 끈은 너무도 가느다랗고 가벼워 언제 끊어질지 모르는 그 실을 잡고 바들바들 떨고 있는 내 모습이 어처구니없고, 아무 목적도 이유도 없이 매달아 놓기만이라도 했다면 오히려 쉬웠을 거라는 생각이 든다.
  26살 때 처음으로 병원을 찾았다. 약을 복용하기 시작하면서 잠이 쏟아지거나 구역질이 나거나 하는 부작용도 심했고 적응하는데도 오래 걸렸다. 그러나 2~3년이 지나자 나는 조금씩 좋아지고 있었고 모든 증상이 스스르 가라앉았다. 꼭 이겨내고 말겠다는 의지가 있었다. 약을 먹다가 포기하는 사람도 많다는데 나는 살겠다는 마음으로 투병해 나갔다. 우울의 극단적인 감정이 가끔 꿈에서 나타나긴 했지만, 현실로까지 이어지거나 심해지진 않았고 우울증 발작의 기간도 점점 짧아져 갔다. 그렇게 안개가 걷히듯 우울증으로 인해 가려졌던 시야가 밝아지면서 아, 남들은 이런 마음으로 사는구나 하고 나도 세상에 공존하는 느낌을 받았다. 우울증이 걷힌 세상은 흐렸던 날이 개듯 맑았고 또한 텅 비어 있었다.

어느 동트는 새벽 시간 즈음 창문으로 비치는 햇빛을 느끼며 잠에서 반쯤 깼다. 아, 해가 뜨는구나. 그러나 나는 이불에서 일어나 세상 밖으로 나갈 용기가 나지 않았다. 너무 두려웠다. 잠이 든 것도 깬 것도 아닌 그 상태에서 나는 '아직 새벽이니까 이따 정말로 일어날 시간이 돼서도 이렇게 용기가 안 나고 무섭다면 그냥 죽어야겠다.'고 생각했다. 그러나 두어 시간 더 자고 일어나 완전히 잠에서 깨니 그냥 꿈을 꾼 듯 아무렇지도 않은 것이다. 내가 점차 우울증에서 벗어나는 과도기였다고 생각된다. 그렇게 사람들과의 교류도 많아졌다. 나는 내가 집에서 잠만 자고 쉬는 것을 가장 좋아하는 줄 알았는데 우울증이 어느 정도 치유되고 난 후 한 달 동안 쉬는 날에 하루도 집에 있지 않고 돌아다닌 적도 있다. 원래 이게 내 모습이었을까 싶었다. 점점 하고 싶은 것도 욕심도 많아져 갔다.

아직도 나는 종종 '굳이 안 살아도 되지 않나' 하고 생각하곤 한다. 우울증은 하루아침에 좋아지는 것도 완치가 쉽게 되는 것도 아니다. 병원 상담을 다니고 약물치료를 받으면서 분명히 좋아지긴 했지만 안 좋은 일이 생기면 다시 심해지고 자아가 약해 여러 증상들도 계속되었다. 그중 한 가지는 횡단보도 앞에서 신호등을 기다리거나 지하철 선로에서 서 있을 때 앞에 서 있는 사람을 확 밀어버리고 싶은 충동, 너무 예쁘고 연약하고 사랑스런 나의 햄스터를 손으로 꽉 쥐어 터트려 죽이고 싶은 충동 등이다. 나는 그러고 싶지 않은데 나도 모르게 그렇게 될 것 같은 느낌, 그런 상상이 나를 미치게 한다. 견딜 수 없이 괴롭고 가슴이 터질 것 같이 답답하다.

또 언젠가 평범하고 선한 인상을 한 젊은 남자가 동거하던 사람을 토막 낸 끔찍한 살인을 저질러 텔레비전에 나온 적이 있는데 나는 그 살인자에게 투사

적 동일시를 일으켰다. 현장검증을 하거나 기자들이 마이크를 들이대며 인터뷰를 하는 모습을 볼 때마다 나에게 그러는 것 같은 느낌이 들어 침통하고 비참한 상태로 지내기도 했다. 이런 나의 이야기를 의사 선생님은 잘 들어주고 이해해주고 설명해주었다. 내가 태어나서 가장 잘한 일이라고 생각하는 것은 병원에 찾아가 우울증 치료를 받은 것이다. 덕분에 이렇게 남들처럼 일도 하고 웃고 즐기며 살아간다고 생각한다. 조금 늦게 찾아간 것이 아쉽긴 하지만 병원에 가지 않았더라면 나는 아마도 이미 이 세상에 없지 않을까. 겨울에 태어난 하루살이가 세상은 춥다고만 생각하고 죽듯 괴로움만 느끼다 갔으니 어차피 떠나는 괴로운 세상 다만 조금 억울할 뿐 아쉬움도 없겠지마는.

비가 내리는 날

　이어지는 장마에 몇 주째 날이 흐려 머리가 지끈지끈 아팠다. 비가 자주 오는 유럽에서는 그래서 두통 환자가 많다고 한다. 아름답긴 하지만 우울증 환자가 살기엔 좋지 않은 환경이겠다 싶다. 그럼에도 불구하고 나는 알 수 없는 차분함과 조용한 용기를 이끌어 주는 비 내리는 날을 좋아한다. 모두가 잠든 새벽과도 같다. 그동안 잊고 있던 그리운 사람이 어떻게 지내는지 궁금해지기도 하고, 문득 좋아하는 사람의 손을 잡고도 싶은 이상한 최면에 걸린다.

　내가 살던 집은 낡은 단독주택 2층에 있는 원룸이었다. 2층엔 원룸이 3개가 있는데 그중 한집은 나이 많은 아저씨가 혼자 십 년 째 살고 있다고 했다. 24시간씩 돌아가며 경비 일을 한다고 들었다. 오가다 문 앞에서 2~3번 보았는데 가끔 마주치면 인사나 어색하게 하고 지나가곤 했었다. 여름이나 겨울이나 빨래를 하면 현관문 밖에 널어놔 언제 옷 빨래를 하고 언제 이불빨래를 하는지도 알 수 있었고 신발도 항상 문밖에 놔두어서 오늘은 일을 나갔구나, 오늘은 집에 있구나 하고 알 수 있었다. 어느 비오는 날 아침 출근을 하려고 현관을 열고 나왔는데 그 아저씨의 집에서 알람 소리가 문틈 사이로 찢어질 듯 새어 나오고 있었다. 멈추지 않는 알람 소리를 들으며 너무 피곤해 못 일어나고 있나 보다 하고 무심코 나왔는데 저녁에 퇴근할 때까지 알람이 울리고 있었다. 집에 있을 때 항상 밖에 놓여 있는 신발도 그대로고 방에 불도 안 켜진 채로 알람 소리가 시끄러웠다. 주인집에서도 한번을 안 올라 와봤나 보다. 나는 무슨 일이 있나 싶어 집주인 할머니께 그 집을 확인해보시라고 말하고 싶었지만 괜한 오지랖인 것 같아 그만두었다. 요즘 독거노인들이 고독사하는 일이 많은데 혹시 그 아저씨도 혼자 집에서 죽어 있는 것은 아닌가 싶었다. 또 하루가 지나니 어느새 알람은 꺼졌지만, 신발도 그대로고 불도 며칠째 켜지지 않아 나의 의심은 더욱 커져갔다. 나는 출퇴근 하며 밖을 오갈 때마다 그 집에서 혹시나 시체 썩는 냄새가 나진 않는지 코를 대고 맡아보고는 안심을 하고 지나갔다. 냄새가 바로 새어나가진 않을 것이다. 3일을 시체 썩는 냄새가 나는지 확인했던 것 같다. 죽었으면 어떡하지? 내가 진작 집주인에게 얘기해 들여다봤으면 살았을 수도 있지 않을까. 정말 죽었으면 내 책임일 것 같은 생각까지 들었다. 그러다 어느 순간 불도 켜져 있고 밖에 빨래도 널려있는 것을 보고 살아있구나 싶어 안심하며 마음을 쓸어내렸다. 안 그래도 내가 어디에 살고 있는지 아는 사람이 아무도 없고 나를 주기적으로 찾아와 주고 안부를 물어주는 사람도 없는데 그렇게 집에서 조용히 죽으면 나는 며칠 만에 발견될까 궁금했었다. 누군가의 안부를 너무 궁금해하는 것도 이 시대에는 매너가 아닌 것을. 소식이 없으면 잘 지내나 보다, 여행 갔나보다, 나랑 연락하기 불편한가 보다 하고 적당히 관심을 끊어주는 것이 현대의 에티켓이라지만 아무리 모른 척하고 지낸다고 해도 바람을 타고 솔솔 흘러들어오는 시체 썩는 냄새를 제일 먼저 확인해 주는 건

이웃 아니던가.

　멀리 고향에 사는 엄마와 몇 년 동안 만나지 못했어도 그냥 건강히 살아있다는 것만으로도 안심하고 의지가 되듯, 관계의 깊이를 떠나 각자의 인생을 사는 외로운 한 사람, 한 사람들이 오늘도 각자의 하루를 무사히 지켜냈음을 서로가 타인의 삶을 바라보면서 위안을 받는가 보다. 우리 모두 오늘도 살아있음을.

　나는 사실 무서웠다. 내 옆집에 시체가 있다는 것이 무서운 게 아니라 그 고독이 전해지는 것 같았다. 그것은 그 사람만의 고독이 아니었다. 그곳에서 오버랩 되는 내 모습을 보았다. 나는 그 옆집 아저씨를 걱정한 것이 아니었다. 그 아저씨처럼 혼자 사는 나를 걱정한 것이다. 우리는 최대한 행복하게 살아가기 위해 주어진 운명에 적응하고 만족을 모색한다. 좋은 것은 정말 좋다고 스스로 칭찬하고, 나쁜 것은 어쩔 수 없다고 합리화시킨다. 그러지 않으면 더 힘들어진다는 것을 알고 있다. 우리는 불쌍할 정도로 너무 많은 거짓을 만들어낸다. 왜 우리는 결여된 우리 인생이 결국은 보상받을 것이라고 기다리면 좋은 날이 올 거라고 기대하는가. 타성에 젖은 삶이지만 그 원심력으로 인해 저 먼 곳 어딘가 즐거운 세상으로 튕겨 나갈 것이라고 어떤 근거로 기대하고 있는 것일까. 어느 만화에서 말했다.

　'도망쳐서 도착한 곳에 낙원은 없다.'

　나는 내가 아니고 이곳은 내가 간절히 원하던 곳으로 떠나온 곳이라고 혼자 최면을 걸기도 한다. 내가 영원하지 않을 거란 걸 일부러 인식하기 위해. 끝이 정해져 있으면 지루하지 않으니 말이다.

　인천공항 소방대에서 구급대원으로 일하던 때 자살시도를 하던 여자 환자를 만난 적이 있다. 여름휴가로 몸과 마음을 충전하고 새로운 마음으로 출근한 첫날이었다. 공항은 너무 넓고 복잡하기 때문에 활주로 가운데쯤에 본대가 하나 있고 활주로 양 끝쪽으로 분소 A, 분소 B가 있다. 그리고 공항청사 내에 대기하는 곳이 하나 있으며 외국 항공사 비행기들이 들어오고 나가는 탑승동에도 대기 장소가 있다. 나의 근무지는 분소 A였는데 3개의 구급 조는 돌아가면서 공항청사 내에 있는 대기실에 3시간씩 나가 있는다.

그날 우리 조는 점심을 먹은 후에 나가는 순서였다. 점심을 먹고 대기실에 도착하자마자 자살시도를 하겠다는 신고가 들어와 출국 층으로 출동을 나갔다. 안 그래도 얼마 전 공항건물 안에서 새벽에 공항직원이 4층에서 지하로 뛰어내려 죽은 적이 있었다. 공항은 24시간 돌아가기 때문에 새벽에도 사고가 많고 공항 한가운데는 뻥 뚫려있어서 4층에서 지하까지 내려다볼 수가 있다. 또 비행기 안에서는 화장실에서 목을 매 죽는 사람이 간혹 있어 자살소동이 그저 소동으로 끝나지 않음을 알고 있었다. 그나저나 출동을 나갔는데 환자가 어디 있는지 찾을 수 없었다. 무전기로 상황실과 계속 통신을 주고받으며 신고자를 찾았다. 자살시도 환자는 벤치에 앉아 있었다. 나이는 40대 초반쯤 되는 여자였는데 머리가 길고 날씬했다. 상태를 살펴보니 손목을 칼로 그은 주저흔이 많았는데 긁힌 정도의 수준이었다. 어쨌든 나는 구급대원이고 출동을 했으니 상처를 봐주며 간단한 처치를 한 후 붕대를 감아주려 했다. 그러자 그 환자는 갑자기 무슨 썩어들어 가는 약을 바르는 거냐며 욕을 하는 것이었다. '아! 정신과 환자구나' 순간 감이 왔다. 그 여자는 중국에 가고 싶다고도 하고 내가 키우는 쥐가 너무 예쁘다 사람보다 낫다 하며 안고 만지는 시늉을 하기도 했다. 공항은 외국으로 나가는 특수한 공간이고, 조금 멀긴 하지만 지하철로도 쉽게 오갈 수 있어서 비 오는 날이면 정신과 환자들이 'ㅇㅇ 가고 싶어……'하며 자주 찾아오곤 한다. 자살 시도 환자는 아무 인적사항도 남기지 않고 어디론가 가려고 했지만, 상황실에서는 지금 공항경찰관이 가고 있으니 그 환자를 붙잡아 두라는 무전을 보내왔다. 나는 어디론가 바쁘게 걸어가는 환자를 잡아 세워 천천히 이름, 주민등록번호, 전화번호 등을 작성했다. 그러나 경찰은 오지 않고 작성을 끝낸 환자는 어디 목적지라도 있는 듯 또 성큼성큼 걸어갔다. 나는 다시 환자를 쫓아가 사인을 해야 한다고 또 붙잡았다. 더 이상 잡고 있을 핑계가 없었다. 나는 한 번 더 병원에 가지 않겠냐고 물었다. 그러자 그 환자는 왜 자꾸 따라오냐며 한껏 들뜬 사람들로 넘쳐나는 공항 한가운데서 나의 뺨을 세게 후려쳤다. 어깨에 차고 있던 무전기는 날아가고 순간 멍했다. 정신을 차리고 주위를 살피니 놀란 공항 이용객들이 서서 나를 구경하고 있는 것이었다. 정신이 너무나 또렷해 이 상황을 어쩔까 순간 고민했다. 나는 상황실에 무전을 날렸고 때마침 경찰관이 도착하여 이런저런 처리가 이뤄졌다. 그 환자는 경찰관도 때리려고 주먹을 휘둘렀지만 그런 주먹에 당할 경찰관이 아니었다. 경찰관과 내가 이야기를 나누는 사이 그 환자는 빗물이 뚝뚝 떨어지는 맨바닥에 대자로 누워 얼마나 여유롭게 담배를 피워대는지 어이없어 웃음이 나올 지경이었다. 인천 소방에서도 인계받으러 나왔다가 돌아가고 결국은 그 환자가 입원해있던 정신병원에서 나와 싣고 갔다. 그 환자를 처리하고 사무실로 복귀하기까지 3시간쯤 걸린 것 같았다. 사무실에서 이야기를 전해 들은 조장님과 부장님은 괜찮으냐며 얼굴이 부었다고 다른 조가 출동 나가라고 할 테니 쉬라고 난리였고 다른 직원들은 내 심기를 건드릴까 눈치를 보았다. 사실 나는 아무렇지도 않았지만, 너무 서러워서 일을 못 할 것 같은 표정을 하고 방에 누워 룰루랄라 편히 쉬었다.

보통의 삶을 살아가는 평범하고 멀쩡한(?) 사람들은 그들을 보며 우월감을 느낀다. 자신과 같은 정신세계의 것을 누리지 못하는 그들을 보면 마치 저주받은 인간이기라도 한 듯, 행복이 무엇인지 사는 게 무엇인지 모를 것이라고 느끼며 내가 축복받은 사람인 양 안도하는 것이다. 하지만 진정한 행복이나 사다는 게 무엇인지 모르는 것은 누구든 마찬가지다. 어떻게 저 지경으로 여태 살았을까 라고 말하는 사람도 있다. 일반인들은 쉽게 접할 수 없어 잘 모르지만 사실 정신분열증은 평범한 사람이 사업이나 여러 가지 일로 크게 충격을 받아 생기는 경우가 의외로 많다. 모든 사람은 정도의 차이지 각자 약간씩은 정신병을 가지고 있다고 한다. 세상은 거대한 정신병동이라고 했던가. 참 공감 가는 말이다. 유달리 항상 밝고 기분 좋은 사람도, 너무 깐깐하고 완벽주의인 사람도 사실 약간씩은 비정상인 것이다. 똥이 덜 묻은 자가 똥이 더 묻은 자를 욕하고 비난하고 불쌍하다고 하는 꼴과 비슷한 것 뿐. 나도 그런 험한 일을 당하면 당연히 기분이 좋지 않다. 순간 욕도 나오고 희생, 봉사의 정신은 요만큼도 없는 내가 왜 이런 일을 하나 하는 생각도 든다. 또 누구는 행복을 누리는 것이 저렇게 숨 쉬듯 자연스러운데 누구는 불행이 왜 그토록 익숙하고 당연해야 하나 싶어 슬퍼지고, 부서지기 쉬운 자존감은 참을성 없이 죄어오는 슬픔에 대항할 수 없을 만큼 무력해지기도 한다. 그러나 그들은 이미 실패작으로 분류되었나? 아직 삶을 움켜잡고 있는데도 말인가?

저녁의 단상

　퇴근길 미세먼지로 뿌옇고 탁한 세상에 어둠이 깔린 지 오래고, 길가의 건물이나 자동차 불빛은 이제야 제 존재를 발견한 듯 눈이 부시다. 그 건강에 좋지도 않은 어스름한 회색 바람이 어두운 밤 배경에 희미한 빛을 타고 감돈다. 차갑지 않은데 추운 느낌, 스산하여 소름이 끼친다. 게다가 직장 건물을 나오면 보이는 저 나무. 지나치게 크고, 처량하게 나뭇가지를 죽죽 늘어뜨리고 있는 모습이 더 많은 사람을 잡아먹으려고 기다리고 있는 귀신같이 보인다. 이곳은 많은 사람들을 살리기도 하지만 죽기도 하는 곳이어서 그런지 몇십 년 동안 여기서 죽어간 수많은 사람들의 영혼이 다 이 나무에 걸려있는 듯하다. 볼 때마다 저 나무는 도대체 왜 저렇게 생겼을까 생각한다. 나무 기둥은 두껍고 나무 기둥보다 더 길게 뻗은 가지 3개에는 점점 더 작게 곧지 못하게 수도 없이 흩어지는 잔가지들이 혈관 조영술을 보는 것 같다. 병원에서는 혈관에 무슨 잘못된 일이 생겼나 조영제라는 약물을 주입해 엑스선으로 혈관질환을 검사하는 것이 있는데 밤에 보는 나무 실루엣이나 나무 뒤의 배경 색이나 매생이처럼 엉키고 흩뿌려진 가지의 모습이 딱 그 모양이다. 누가 병원에 있는 나무 아니랄까봐, 징그럽다.

가까이 있는 것들은 서로 닮아간다는 말이 사실이기도 한가보다. 이렇게 사람이 많은 곳인데도 참 음산하다. 밝고 어둡고, 사람이 있고 없고, 새것이고 낡은 것이고를 떠나서 무엇이든 그 존재가 가지고 있는 기운이 있어 조금이라도 예민한 사람이라면 어떤 장소에 가거나 물건을 가까이했을 때 몸에 파동이 느껴지는 경험을 할 것이다. 어느 곳은 너무 이상해 지나가다가 문득 발을 멈추고 지켜보게 되는 곳이 있다. 그 기운에 너무 눌려 당장이라도 도망쳐야 할 것 같은, 알 수 없는 누군가가 발목을 잡고 놔주지 않을 것 같은, 그래서 나 역시 이곳에 영원히 머무를 것 같은 기분이다. 지박령들이 왜 그렇게 그곳에 들어오는 인간들을 괴롭히는지 몰랐다. 같이 살면 심심하지 않고 좋을 텐데 하며 이해가 안 갔던 적이 있다. 그들은 언제까지나 끝나지 않을 외로움과 두려움을 안고 있는 것이다. 언젠가 벗어날 것이라는 희망도 기다림도 없다. 아무런 따듯한 색깔도 소리도 온기도 없는 공장의 폐허 같은 그곳에서 그곳과 꼭 닮은 감정으로 끝없이 끝없이 같은 시간을 반복하고 있는 것이다. 손끝이 떨려온다. 상상하는 것만으로도 가슴이 저리고 목이 꽉 막혀 현기증이 난다. 누구도 반갑지 않다. 겁 많은 인간들처럼 나 혼자 사는 하얀 폐허에 문득 찾아온 누군가가 의심스럽고 두려워 경계할 것이다. 정신적으로 무너진 사람들처럼 내 구역을 찾아온 누구라도 미울 것이다. 나를 도와줄 것도 아니면서, 구제해줄 것도 아니면서. 가만두지 않아야지. 쫓아내려고 괴롭히거나, 못 가게 하려고 괴롭히거나. 그러다 보면 나는 벌써 귀신이 된 것만 같은 기분이다.

분명 건물 앞에 저 나무도 심상치 않다. 무당을 불러야 할 것 같다?

해가 지는 풍경은 슬프고 멋있지만 추워지는 계절이면 더욱 그렇다. 노랗고 빨간빛의 저녁 하늘도 좋아하지만 나는 보랏빛으로 삶과 죽음의 뚜렷한 경계를 만들 듯 진하게 파래져 가는 풍경이 슬퍼 보여서 더 좋다. 우리 동네는 발전이 많이 되지 않아 아직 하늘을 올려다보면 흩어진 구름 아래 전깃줄이 죽죽 늘어져 있고 일층 높이의 건물들이 불을 밝히며 저녁을 맞는다. 이쯤 되면 신호등의 불빛조차도 장식품 같이 아름답다. 어두운 파란색의 하늘보다 한층 더 어두운 회색빛의 구름이 풀풀 흘러간다. 그 아래 전봇대와 전깃줄, 길가의 나무들, 건물들은 까맣게 그림자처럼 형체만 드러낸다. 화살표가 그려진 표지판조차도 스산한 예술품 같다. 아주 은밀한 예술가가 고민하고 고민해서 그 자리에 갖다 놓은 것만 같이 완벽하기만 하다. 빨간 신호등과 가로등이 어두워져 가는 하늘을 더 슬프게 대비시킨다. 그 풍경이 그림이라면 파랑, 깜장, 빨강 밖에 쓰지 않을 것이다. 매일 다가오는 시간이고 매일 지나가는 풍경이지만 볼 때마다 아득하고 정처 없이 옛날 어느 날엔가 봤던 느낌일 뿐 익숙하지 않다. 자꾸만 아련한 옛 기억을 끌어오게 만든다. 누군가는 같은 풍경을 보고 그림을 그리고, 누군가는 사진을 찍고, 누군가는 음악을 만들고, 누군가는 글을 쓴다. 방법은 다르지만 아름다운 것을 마음속에 남기고 싶어 하는 마음은 본능이구나. 물속을 헤엄치듯 눈 속을 뛰어다니듯 마구마구 파란색을 휘젓고 싶다. 이사를 간다면 아파트 조금 높은 곳의 해지는 풍경이 보이는 곳에서 살아야지. 하지만 나는 충동적이기 때문에 너무 아름다워 이성을 잃으면 나도 모르게 그 파란 하늘로 뛰어들지도 모른다. 서쪽으로 한없이 해를 따라가고 싶다. 태양조차도 뒷모습은 슬프다. 세상에 존재하는 것들은 뒤에서 바라보면 모두 고독하고 쓸쓸한 부스러기들을 흘리고 간다. 오래된 것들은 부수지 않았으면 좋겠다.

그 낡은 기운을 만들어 내기까지 얼마나 오랜 시간을 지나왔는데 다시 지금의 새것들이 그런 기운을 가지려면 또 얼마나 많은 시간이 지나야 할까. 그 아름답지 않은 오래된 건물들을 보고 아깝다고 생각하는 사람은 비단 나뿐일까. 나는 또 어디로 눈을 돌려 고독한 풍경을 찾아야 하나.

상대방의 사소한 눈빛, 몸짓, 말 한마디에 잔뜩 소심해져서는 혹시 내가 실수했나 그래서 내가 싫어졌나 걱정한다. 어떻게든 나는 원래는 그런 사람이 아니라고 핑계를 대서 합리화하고 그들이 나에게 떠나려고 하는 마음을 돌리려 애쓰고 싶어진다. 얼마나 나에게 실망했을까 두렵다. 왜 그런 표정을 지었을까 왜 그런 말을 했을까 카세트테이프 돌리듯 둘둘 말려있는 생각이 늘어지고 찢어질 때까지 반복하며 후회한다. 세상에는 있는 그대로의 모습이 사랑스러운 사람이 정말 있을까. 잘못된 생각인 걸 알면서도 멈출 수가 없다. 저 사람은 내가 불편한 걸까, 내가 어색한 걸까, 나와 가까이하고 싶지 않은 걸까 한없이 눈치만 본다. 침을 뱉고 비웃고 무시하고 마치 당장이라도 찢어 죽일 듯 욕지거리를 하며 아무렇지 않게 주위에 한없이 적을 만들다가도 내가 아끼는 사람들 앞에서는 이토록 금세 처참해진다. 이제 모든 게 끝인가 파멸인가 싶다. 그러나 나는 또 누군가를 떠나보내면 죄책감에 죽을 만큼 시달릴 것이라는 예상과는 다르게 언제 그런 일이 있었냐는 듯 경박스럽게 콧방귀를 뀌어대고 다닐 것이다. 나는 도대체 어떤 허상에 집착하며 매달리고 있는 것일까.

온도와 시간과 풍경이 맞아떨어지면 숙고할 시간도 없이 모든 판단은 죽음으로 귀결된다. 나를 손쉽게 무너뜨리는 모든 조건이 완벽한 것이다. 이렇게 나의 저녁은 길다. 내 어깨에서 칭얼대는 수많은 고민들과 감정들을 어르고 달래며 비탄의 밤을 시달리고 내일 아침 나를 또 낚싯바늘에 아프게 꿰어 건져 올린다. 나 대신 나를 위로해줄 누군가가 있다면, 파멸이 아니라고 이야기해줄 누군가가 있다면 나는 석양의 풍경을 덜 찾게 될까. 답이 없는 질문의 끝없는 반복은 포기를 모른다. 내가 나를 이런 식으로 지치게 하듯 남에게도 그러는 것은 아닌지 문득 소름이 끼친다. 아무래도 죽어야만 끝나는 악몽 같다. 내가 하루하루 살아가는 것이 아니라 하루하루 죽을 타이밍을 기다리는 것 같다.

당최 살아간다는 게 뭘 해도 재미없고, 어딜 가도 내 자리 같지가 않고, 누구도 내 사람 같지가 않다.

오늘은 또 인간을 구워 먹는 마녀의 세계에 사는 대머리 독수리가 나를 또 끔찍한 발톱으로 쥐어, 멀고 높고 어두운 어디론가 데려가는 것 같은 날이다. 건조한 가루가 되어 흩어질 듯하다. 충분히 이겨낼 수 있고, 강해질 수 있을 텐데 인간을 끌어내리고 통제하는 무언가는 그들의 의지나 환경 말고도 어쩔 수 없는 어떤 힘이나 의식이 있는 걸까. 그들은 추악하여 더러운 똥냄새를 풀풀 풍긴다. 무식하게 힘으로만 해결하려고 하는 사람들, 미친개 짖듯이 남의 말은 듣지 않고 도저히 짐승과 대화하는 듯 말이 안 통하는 사람들, 인격적 성숙에 닿기 위한 것에는 조금도 관심 없어 보이는 사람들, 그래서 보는 사람마저 창피하게 만드는 사람들. 저 사람들을 사랑하는 사람이 있을까, 과연 저들은 행복할까. 정말 제정신인 걸까. 그들은 무엇에 가치를 두고 살아가는 걸까. 그것보다도 깨닫지 못하게 그들을 지배하는 힘은 무엇일까.

병원에 다녀오는 길에 카페에 들어가 쇼콜라 라떼를 한잔시켰다. 그냥 배고파서 칼로리 많이 보이는 거로 시켰는데 죽을 만큼 행복하다 싶게 달콤했다. 나는 몹시 추웠고 지쳤고 정신적으로도 무너져 있었다. 올해 들어 줄곧 일 년 안에 죽을 것 같은 느낌이 자꾸만 따라다녔다. 너무나 예민하다. 나를 대하는 사람들의 시선이 두렵고, 작은 어긋남도 삶의 붕괴를 예견하는 듯하고 또한 나를 옭아매는 삶의 권태. 비틀거리다 길을 잃은 듯하여 떠나보내려 했는데. 지금 내가 하고 있는 인생을 살아가는데 필요한 평범한 모든 것들이라 함은 남들처럼 평범한 인생을 꿈꾸며 열심히 살아가는 척, 사람들을 사랑하고 배려하는 척, 희망을 가지고 따뜻한 미래를 기대하는 척, 당당하고 용감하게 무언가에 도전하는 척, 내 웃음은 가식이 아닌 척, 몸도 마음도 건강하고 꽤 괜찮은 척, 경멸하지 않는 척……. 그저 몸부림에 지나지 않는 모든 행위들. 아아, 나는 역시 죽어가고 있었다. 역시나 나는 살아있는 게 아니었다. 살아있다면 그것은 잠시 착각일 뿐. 커피를 마신 후 카페인에 잠시 눈을 번쩍 뜨고 이내 곧 다시 감길 눈 같은 것. 그 눈이 너무도 시리다. 눈이 자꾸만 빨개지고 불편하다. 분명 저 사람은 내 눈을 보고 이상하다고 생각하고 있겠지. 크게 뜨려고 하면 할수록 어색하고 목까지 잠긴다. 자꾸만 들키는 것이 비참하다.

내가 행복해지기 위해 할 줄 아는 것이란 어딘가로 풀풀 떠나는 것밖에 없다. 그것 말고는 뭔가 다른 방법이 떠오르지도 와 닿지도 않아. 치매 환자들이 방금 한 일을 기억하지 못하는 것은 뇌에 입력되지 않았기 때문이다. 나에게도 뭔가 중요한 것이, 인간으로서 가져야 할 중요한 무언가가 입력되지 않은 느낌이다. 어디 한구석이 비어있어 전체적으로 맞물려 돌아가지도 않고 자꾸만 고장이 난다. 고장 난 기계가 도대체 어디에 쓰인단 말인가. 누군가의 실험대상으로 필요할지 몰라도 누군가의 행복을 위한 대상으로 필요하진 않겠지.

소중한 사람이 생기면 갑자기 그 사람이 사라질까 봐 종종 근거 없는 불안에 휩싸이곤 한다. 한평생을 시달려왔다. 누군가가 안 좋은 상황에 닥쳐 힘들어하면 내 옆에 있어서 불행한 일이 생기는 것 같았다. 이 모든 일이 나 때문에 일어난 것 같았고, 모든 불행의 근원이 나인 것 같았다. 나의 안 좋은 기운이 나도 모르게 퍼져가고 나의 저주가 주위 사람들을 불행하게 하는 것 같았다. 알 수 없는 죄책감에 시달렸다. 모든 게 내 탓인 것 같았다. 망상은 빈 깡통처럼 요란하게 질주하며 여기저기 부딪치다가 끝내 마지막 외마디 비명을 내며 수그러지곤 하였다. 누군가에게 의지한다는 것은 정말 무서운 일이다. 자식 부모 간이든, 남녀 간이든 상관없이 모든 종류의 의지란 위험하다. 가만 생각해보면 사랑하는 누군가가 사라졌을 때의 슬픔은 그 존재 자체보다는 그에게 기대었던 마음, 기대했던 미래의 상실이 더 큰 것을 알 수 있다. 실상 인간은 비열하고 사악하여 잔인한 놀이를 끊임없이 진행할 수밖에 없다. 나에게만 종속시키려는, 나로 인해서만 세상을 아름답게 보길 바라는, 나 없이는 불행했으면 하는 욕심에 몰두해있는 것이다.

글을 쓰는 첫걸음

누구에게나 각자 자신의 삶을 버티도록 도와주는 수단이나 방법이 하나씩은 있을 것이다. 그것이 나에게는 글쓰기였다. 어릴 때부터 온통 혼자였던 탓에 어디든 이야기하며 풀 곳이 필요해 일기를 쓰기 시작했다. 만약 내가 죽으면 왜 죽었는지, 내가 그동안 어떤 상황이었고, 어떤 감정이었는지 남기고도 싶었고 가장 큰 이유는 내가 스스로에게 잊힐까 두려웠다. 바퀴벌레 바글거리듯 어수선하고 정신없는 이 세상에 내 존재 하나 잊히는 것이 두려운 게 아니었다. 이 원망과 분노가 잊힌다는 사실을 떠올리면 영 석연치 않았다. 나마저 잊어버리고 없었던 일로 만들어 버리고 모든 슬픔이 아무렇지 않게 안개처럼 증발해버린다면 억울할 것이라고 생각했다. 일기를 쓰고 싶어서가 아니라 써야 한다는 강박에 하루하루를 벽화로 새기듯, 신에게 탄원서를 쓰듯 상처를 곱씹으며 새겨나갔다. 일기는 무너져가는 마음을 잡아주었고 스스로를 다독이며 정리할 수 있게 도와주는 수단이 되었으며 극단으로 치닫지 않도록 지탱해주는 하나의 종교가 되었다. 거기서부터 시작된 글쓰기는 수준이 낮을지언정 시와 수필, 단편소설, 시나리오로 넓혀가며 틈틈이 공책 속에 쌓아 올리고 나름 내 존재의 가치를 긍정하였던 것이다. 아무래도 나는 내가 쓴 글이 세상에서 제일 슬펐다. 자기가 쓴 글을 읽고 슬퍼하는 모습이 우습지만, 그땐 정말 그랬다. 책 모양의 공책을 사다가 제목을 적고 표지 뒷장에는 내 사진을 붙이고 이름과 프로필을 적어 놓고는 내 책이라고 생각했다. 언젠가는 내가 작가가 될 거라고 그렇게 믿어 의심치 않았다.

생각해보면 처음으로 가장 인상 깊게 읽었던 책은 '나의 라임오렌지나무'였다. 지금은 모르는 사람처럼 살아가는 한 살 차이 나는 동생은 '어린 왕자'를 좋아했다. 그때 처음으로 타인과 나의 다름을 인식하고 소설 속 주인공을 통해 삶의 슬픔을 어렴풋이 깨달았다. 왜 동생은 '나의 라임오렌지나무'가 더 좋지 않았을까. 그리고 엄마가 선물해 준 책. 내가 좋아한 책은 그것뿐이었다. 읽은 책을 읽고 또 읽고 엄마는 상상도 할 수 없을 만큼 아꼈다. 나에게 또 하나의 세계였던 것이다. 그 후로 중고등학교에 입학해서는 학교 도서관에 있는 책을 닥치는 대로 읽었다. 혼자 겉돌며 학교에 적응하기 힘들었기 때문이다. 친구들에게 편하게 다가가서 수다를 떨고 어울리는 것이 어렵고 어색해 혼자 있는 시간이 대부분이었는데 바보같이 멍하게 앉아있는 모습을 보이기 싫어 끊임없이 책을 읽었다. 나만의 세계에 빠져 지냈지만, 차분히 혼자 책 읽는 모습이 친구들에게는 그리 나빠 보이지 않던 것 같다. 지금의 내 감성과 사상을 만든 건 팔 할이 그 시기의 책들이었다.

그렇게 암흑 같은 시기가 지나고 대학 졸업 후 어른들이 말하는 벌어 먹고살기라는 세계 속으로 들어가는 동시에 지금껏 겪어보지 못한 자유와 세상만사 즐겁고 정신없는 일상 속에서 독서와 글쓰기는 점점 멀어져갔다. 매일 쓰던 일기도 3일에 한 번, 일주일에 한 번, 한 달에 한 번, 그러다 석 달에 한 번으로 줄어들었다. 어느 순간 모든 일상은 그냥 더 새로울 것 없이 비슷하고 재미없고 딱히 남길만한 것도 없으며 그렇게 미친 듯이 적지 않아도 정리하지 못할 정도로 혼란스럽지 않았다. 잊혀도 그만인 그런 나날들 속에서 글쓰기는 자연스럽게 지난날의 꿈으로 밀려났다. 하지만 어떤 것을 온 마음 다해 좋아했다면 그 마음이 식어도 여운은 남아있기 마련이다. 가끔 글을 너무 잘 쓰는 사람을 보면 질투가 나고 옛날엔 나도 글 쓰는 거 꽤 좋아했는데 하며 첫사랑 그리워하듯 미련을 두곤 했다.

서른둘 내 전공을 버리고 새로운 회사에 입사해 만난 비슷한 계통에 있던 선배 언니 최서연 작가를 만났다. 나보다 나이가 다섯 살 정도 많은 언니였고 일에 대한 욕심이 많아 아직 결혼하지 않고 있는데 그 선배에게는 결혼보다 중요한 것이 많은 것 같았다. 약한 몸으로 많은 일들을 기획하고 이끌며 강연이나 세미나도 하는 모습을 보면 존경스러웠다. 한 번에 하나씩밖에 못하는 나로서는 원더우먼이었다. 우리는 여행을 좋아하는 것이나 미래에 대한 이상향이 많이 비슷해 만나면 꿈에 관한 이야기를 많이 했다. 내가 따라갈 꿈 동료가 생긴 것 같아 든든했다. 내가 힘들어하면 꼭 맥주 한잔이라도 사주며 위로를 건네주었다. 내가 이것저것 실패할 것 없이 그대로만   아가도 되겠다 싶어 그 선배가 하는 것이면 뭐든지 깨작깨작 따라 하려고 했다. 언제나 생각이나 아이디어가 저만큼이나 앞서 가 있는 사람이다. 워낙 유명한 블로거라 처음 봤을 때 어디서 봤나 연예인인가 혼자 머리를 굴리며 생각했던 기억이 난다. 보통 회사에서 보면 멋진 상사인 척 겉으로 한껏 꾸며대면서도 정작 아랫사람에게 업무적인 팁이나 성장할 수 있는 스킬을 가르쳐주는 것을 아까워하는 사람을 많이 보았다. 혹시 그런 사람이 아닐까 하고 처음에는 배우면서도 경계 했었는데 이 선배는 진심으로 후배가 성공하길 바라고 이끌어주는 사람이라는 것을 알게 되면서 믿고 따르게 되었다. 그러던 중 그 선배가 책을 출간하는 것을 보았는데 저 사람이 책을 쓸 정도로 그렇게 대단한 실력을 갖추고 있는 사람인가 싶었다. 나도 어릴 때 글 쓰는 걸 좋아했다고 하니 '너도 책 한 번 써볼래? 하고 제안을 했다. 그동안 나는 타고나기를 초라하고 아무것도 아닌 사람이라 앞으로도 이렇게 살아야 하고, 정말 그렇더라도 원망할 수 없다고 삶의 모든 희망을 체념한 채 살아왔었다. 학습된 무기력과 비슷한 심리일까. 책을 쓰는 일이란 죽기 전에 꼭 이루고 싶은 꿈이긴 해도 비행기 타는 것은 목표이고 새처럼 하늘을 나는 것은 꿈이듯 목표가 아닌 꿈일 뿐이라고, 아무리 생각해도 이룰 수 있는 방법이 없다고 생각했었다. 그러나 삶이란 참 희한하다. 누군가는 자신의 성공을 이루지만 그 성공이 다른 사람의 꿈을 위해 만들어진 일 같기도 하기 때문이다.

성공과 행복은 그리 멀리 있는 게 아닌데 내가 너무 먼 길을 돌아온 것은 아닐까. 슬퍼할 필요가 전혀 없는 게 아닌가. 낡은 말뚝에 어릴 때부터 묶여있는 코끼리 같은 내 모습이 보였다. 나는 행복하면 안 되는 사람이라고 그래서 욕심도 내어서는 안 된다고 생각했다. 죽을 때까지 잠만 자고 싶었다. 텔레비전에서 끔찍한 사건 사고를 당하는 것을 보면 내가 당해야 할 일을 남이 당한 것 같았다. 그다음 순서는 나일 것만 같고 그렇다 해도 이상하지 않을 거라 생각했다. 행복한 일이 있으면 이게 무슨 현상일까, 높이 올라갈수록 떨어졌을 때 많이 아픈 법인데 얼마나 큰 고통을 주려고 나에게 이런 희망을 줄까 불안했다. 행복 속에서도 행복을 의심하고 두려워하며 있는 그대로 느끼고 받아들이지 못하며 눈치만 보았다.

나를 죽이지 못하는 고통은 나를 강하게 할 뿐이라는 말을 혐오할 정도로 싫어했다. 죽이지 못할 정도의 고통을 당하면 사람은 정신을 놓아버리고 마는 것인데 그 말을 한 사람은 분명 그만한 고통을 겪지 못하고 떠들어대는 경박한 사람일 것이다. 자신이 겪은 끔찍한 상황을 정신적으로 이겨내지 못하고 힘들어하다 자살한 사람들이 많다. 다 그런 사람들 아닌가. 죽지 못할 고통과 충격에 무너진 사람들이 아닌가. 왜 시련은 내 잘못이 아닌 남에 의해서 시작이 되고, 나는 당하는 입장이어야 하는지, 그것을 인정해야만 하는 것인지 도무지 납득할 수가 없었다. 괜찮지가 않았다. 작은 것도 크게, 큰 것은 더 크게 나를 짓누르도록 했다. 도무지 끈적끈적하게 굳어가는 마음의 덫에서 빠져나올 수가 없었다.

초등학교 때부터 부모님이 이혼하기 전인 중학교 때까지 가정폭력에 시달렸다. 하지만 거슬러 올라가 생각해보면 어린이집도 다니기 전 봉천동 화장실도 없는 작은 반지하 단칸방에 살던 시절이었다. 아빠가 건축현장에서 일을 하다 떨어져 허리를 크게 다치면서 부터였지 않았을까 싶다. 돌이켜보니 아빠의 성격은 처음부터 포악했다. 내가 시끄럽게 운다고 어린 내 키만큼 큰 빨간색 다라이에 물을 가득 채워 내 머리를 거꾸로 집어넣었다. 어린이집을 다니던 그 시절부터 나는 죽음의 공포를 알았다. 아빠의 사고 이후 나는 할머니 집에 맡겨지고 엄마는 병원에서 아빠를 병간호하느라 오랜 시간을 보냈다. 엄마는 나를 할머니 집에 두고 내가 잠든 사이 동생만 데리고 나갔는데 그때마다 버려진 기분이 얼마나 서럽고 두려워 처절하게도 울었는지 어른이 되어서도 한두 번 그 감정이 떠오른 적이 있어 씁쓸히 웃곤 했다.

그 후 아빠는 허리에 장애가 남았다. 학교 입학하기 전 시골로 이사를 왔다. 엄마는 공장 아르바이트를 다니다가 치킨집을 오픈했는데 그 후로 집안 꼴이 이상하게 돌아가기 시작했다. 그땐 몰랐는데 지금 생각하니 엄마는 꿋꿋하게 가장으로서 돈을 벌고 집안을 먹여 살리는데 아빠는 제대로 일도 못하고 맨날 술만 먹는 자신의 모습에 자존심이 상하지 않았나 싶다. 가정폭력은 점점 심해졌고 집안의 물건은 부수어졌고 우리는 칼을 숨겼다. 집으로 돌아오는 아빠의 발걸음 소리, 가래침 뱉는 소리를 들으며 덜덜 떨며 자는 척을 했다. 눈 오는 밤 나는 잠옷을 입고 파출소로 도망을 다녔다. 엄마가 떠날까 불안했다. 아빠는 아침부터 저녁까지 밥 먹는 것, 씻는 것, 자는 것 등등 내 모든 행동에 대해 밖에서도 듣지 못한 온갖 쌍욕을 해댔다. 나는 그의 눈에 띄게 사는 것 자체가 눈치 보이고 죄짓는 것 같았다. 엄마에게는 '너 같은 게 무슨 기도를 하냐?'는 소리를 들으면서도 나는 교회 다닌다는 핑계로 집에 늦게 들어왔고 오늘은 어디로 도망가서 하룻밤을 신세 질지 고민했다.

엄마아빠의 이혼 후 엄마를 괴롭히던 아빠의 습관이 나에게 왔다. 아빠는 여자가 생겼다며 다방 여자를 데려와 같이 살았다. 그 여자는 내 앞에서 나 들으라는 듯 내 욕을 했다. 나는 점점 말이 없어졌고 자존감을 잃었으며 분노했다. 학교에서도 적응하기가 힘들 수밖에 없었다. 지금도 가정폭력에 시달리다 살인사건으로 번진 기사를 보면 공감이 간다. 그럴 수밖에 없었을 것을 안다. 내 몸에 아빠의 피가 흐르는 게 더러웠다. 옛날 영화에서 보면 원수의 자식까지 왜 죽이는지 이해할 수 있을 것 같았다. 아빠는 원수이고 나는 원수의 자식이었다. 마음의 병은 견딜 수 없이 깊어졌다. 온갖 강박증에 대인기피, 불안증, 우울증, 정신분열 초기 증상까지 겪었다. 그렇게 글쓰기가 시작되었다. 아직도 그때의 일기는 다시 읽기가 힘들다. 상기시키는 것도 괴롭지만 그런 일이 또 다시 반복될 것만 같다. 사실 힘들었던 느낌만 남아있을 뿐이지 더 이상의 자세한 기억은 나지 않는다. 글쓰기는 결코 거부할 수 없는 대단한 능력이나 자질로서 시작한 게 아니라 단지 살기 위한 방법이었다. 때문에 어딘가에 쏟아낼 수 있다는 것은 축복이었다. 버리고 싶은 내 삶을 나 대신 담아주고 간직해주었으니 말이다.

상처는 아물었는데 그 자리가 너무 흉하다. 이겨내면 강해진다고 배웠는데 나는 이겨낸 게 아닌가 보다. 그냥 버티다 보니 지나갔을 뿐 그 시기가 지나갔다고 해서 다 이긴 것은 아니겠지. 롤러코스터와 비슷하다고나 할까. 나는 롤러코스터를 잘 못 탄다. 친구에게 이끌려 억지로 타면 즐기지 못하고 끝날 때까지 눈을 꼭 감고 있다. 중간에 내릴 수 없으니 눈 감고 앉아 있었을 뿐인데 끝날 때가 돼서 끝났다. 그것을 이겨낸 거라고 할 수는 없을 것이다. 이겨낸 것이라면 끝나고 다시 탈 수 있는 용기나 재미가 생겨야 하는데 나는 다시 타도 전과 똑같이 그저 끝나기만을 기다리며 눈을 감고 있을 것이다. 그건 의지와는 상관없이 살아있기 때문에 버텨진 것뿐이지 이겨낸 게 아니다. 극단적으로 표현하자면 죽는 것 아니면 사는 것이다. 그 시기에 어쨌든 죽지 않았기 때문에 살아있을 뿐이다. 그것을 이겨낸 거라고 잘못된 표현을 하지만 숨만 쉬고 있다고 해서 살아있는 사람이라고 인정할 수 있냐는 말이다. 그러니 나는 살아있는가 죽어있는가 스스로에게 묻고 또 묻는다. 물론 행복하고 강한 사람만 가치가 있고 살아있음을 인정받는 것은 아니겠지만 나는 도무지 산소가 공급되는 삶의 영역에 있는 것 같지가 않다. 시간이 흐른다고 나아질 것 같지도 않다. 사실은 상처가 문제인 것이 아니라 본질의 문제였던 것이다.

일기를 멈춘 후 또 한 번 지난 10년이라는 시간이 조금 아깝다. 내 머리에도 없다면 도대체 어디 있다는 말인가. 분명 더 기억해야 할 기쁘고 슬픈, 서로 공감과 위로를 나눌만한 일들이 더 많았을 텐데 일기 없이 나는 참 편하게 지냈다. 집에 들어오면 신발이 필요 없는 비슷한 이치였을까. 땅이 울퉁불퉁해 아프면 신발을 신을 텐데 방안에 들어와서 방은 따뜻하고 부드러우니 더 이상 신발을 신을 필요가 없었다. 유서를 남기듯 다시 모든 이야기를 쏟아붓고 싶었다. 나처럼 너도 우리 다 비슷한 사람들이구나 하며 위로받는 사람이 있다면, 스스로를 동정하지 말고 서로를 동정하면 좀 덜 비참하지 않을까 하는 나의 어두운 유머이다. 왜냐면 나는 오늘도 삶과 죽음을 고민하며 별로 변한 것 없이 하루하루 내 정신과 투쟁하듯 살아가고 있기 때문에.

내가 만난 친구들

　나이는 7살 차이나 나지만 가족처럼 편한 Y 선생님이 있다. 가장 편하고 친한 사람이라고 제일 먼저 떠오르는 사람이다. 첫 직장이었던 병원의 수술실에서 만났다. 그때까지만 해도 나는 엄마와의 감정적인 정리가 되지 않았고 서로 분노의 피가 끓을 때라 일도 시작하기 전에 엄마 때문에 눈물을 짜내야 했던 시절이었다. 버스를 타고 가던 중 엄마에게서 전화가 와 '취직했으니 그쪽에 사는 외가 친척들을 불러 해물찜을 사든지 한턱내라.' 고 하는 것이었다. 나는 울컥 화가나 버스 안에서 소리 지르며 말했다. 대학 가지 말고 집 앞에 있는 공장에나 취직하라고 한 게 누구냐고. 엄마 말대로 공장에 취직했으면 엄마가 이렇게 자랑스럽게 외가 식구들한테 내 얘기나 할 수 있었겠냐고. 내가 돈 벌어서 대학 입학하고 혼자 은행 왔다 갔다 하면서 대출받고 휴학해서 또 돈 벌고 혼자 집 구하고 졸업하고 다했는데 엄마가 뭐 보태주고 도와준 거 있다고 나보고 엄마 식구들한테 한턱을 내라니 마라니 하는 말을 하느냐고. 내가 그래야

할 이유가 뭐가 있느냐고. 그렇게 전화를 끊고는 사람들이 보든 말든 서러움에 엉엉 울었다. 그 겨울 그렇게 엄마에게서 당당히 독립할 수 있다는 기쁨과 뒤섞인 우울하고 혼란스런 마음으로 입사한 직장이었다. 오픈 병원이었는데 인원이 다 채워지지 않은 상태에서 수술실 장비와 기구, 물품부터 하나씩 채워나가기 시작했다. 즐거웠다. 연봉 협상으로 인해 조금 뒤늦게 들어온 Y 선생님은 나와는 비교도 할 수 없는 학력과 경력과 인성을 갖추고 있었다. 그러나 내가 그 선생님을 더 따르도록 한 힘은 배려와 순수함이었다. 나는 천방지축 한 실수를 또 하고, 지적받은 일이 시정이 안 되고, 겁이 많아 서툴고 정신없으며 굽히고 들어갈 줄 모르는 아직 사회생활 적응이 부족하다 못해 엉망인 나였지만 끈기 있게 이끌어주고 가르쳐주고 감싸준 사람이었다. 아직도 생각하길 첫 직장에서 그 선생님을 만나지 않았다면 나는 병원 생활을 계속 이어나가지 못했을 것이다. 지금 생각하면 우습지만, 한번은 이런 일도 있었다.

Y 선생님이 남자친구와 헤어지고 혼자 수술방 구석에서 울고 있길래 같이 저녁을 먹자고 했는데 밥을 먹으면서도 훌쩍훌쩍 우는 것이었다. 그런데 갑자기 응급수술이 잡혔다고 당장 들어오라며 병원에서 전화가 왔다. 내가 너무 가기 싫다고 했더니 선생님이 울면서 혼자 갔던 적이 있다. 웃기기도 하고 미안하기도 한 그 사건이 있은 후 몇 년이 지나 그때 사실 매우 미안했다고 이야기를 하니 Y 선생님은 그런 일이 있었는지 기억도 하지 못한다. 결국엔 혼전임신으로 급하게 결혼했는데 남편의 여러 가지 안 좋은 행동으로 고생을 많이 했다. 나는 그 선생님을 조선 시대 여자같이 답답하다고 타박했지만 그렇게 착한 사람이 안 좋은 일을 당하는 모습을 보니 몹시 안타까웠다. 선생님은 아침에 아기를 어린이집에 맡기고 자주 우리 집으로 와 어린이집이 끝날 때까지 놀다가 가곤 했다. 하루는 연말쯤이었는데 크리스마스 트리를 꾸미고, 벽에는 꼬마

전등을 달아 불도 켜고, 따뜻한 정기장판 위에 누워 같이 캐럴을 들었다. 너무 행복했다. 세상의 모든 긍정이 우리에게 모이는 것 같았고 성탄절의 따뜻한 향기가 영원히 머무를 것 같았다. 선생님은 미국 간호사를 준비하고 있었기에 같이 미국에 가자는 미래의 계획도 짰다. 조금만 더 버티면 지옥에서 나갈 수 있을 거라고 우리 꼭 미국에서 행복하게 지내자고 약속했다.

13살인가 14살인가 그즈음에 텔레비전에서 틀어준 '아름다운 비행'이라는 영화를 보고 형용할 수 없는 감동을 하여 한참 파일럿이 되겠다고 꿈꾸던 때가 있었다. 그때 이메일을 주고받으며 알게 된 H 오빠가 있는데 지금까지도 인연이 계속되고 있다. 우스운 건 한 번도 실제로 만난 적이 없다는 것이다. 그러나 나에게 그는 큰 위로와 버팀목이 되었다. 그 파괴적이고 정신적으로 얼어붙어 있던 그 시절 이런 인연을 만난 것은 행운이었다. 물론 인연을 오래 지속할 수 있었던 것은 그 사람이 바르고 배울 점이 많았기 때문일 것이다. 그리고 익명 아니, 얼굴을 모르는 사람과의 대화가 얼마나 큰 힘을 가지고 있는지 가까이 있는 사람에게는 절대 할 수 없는 이야기를 털어놓으며 H 오빠는 준 적 없는 위로를 알게 모르게 많이 받았다. 더 많은 도움을 받은 시기는 그 이후였다. 사회생활을 하면서 누군가에게 물어보기 힘든 이야기, 고민들, 답이 없는 문제들을 이야기하면 나와는 다른 논리정연하고 똑 부러진 성격으로 항상 명쾌한 답이나 지혜로운 대처법을 알려주었다.

영화나 책에 조예가 깊어 추천받아 알게 된 작품들도 많았고 역사적인 사건이나 이념 문제에 대해 배우기도 했다. 이 사람이 실제로 가까이 있거나 자주 만나는 아니 한번이라도 만났던 사람이었다면 이렇게까지 가까이 느끼거나 오랫동안 관계를 유지하지는 못했을 것이다. 나의 병적인 히스테리와 끔찍한 우울증의 구토물을 쏟아놓은 쓰레기통 같은 유일한 사람이다. 이런 사이도 있을 수 있구나 싶었다. 변질되지 않고 좌초되지도 않는 희귀한 인연이다. 실제로 존재하지 않는 사람이라고 생각하면 위선도 내숭도 눈치 볼 필요도 없는 것이다. 가끔 완전한 분리는 끈을 더 단단하게 조이는 것 같다.

H 오빠는 우리가 영화 취향이 너무 다른 걸 뻔히 알면서도 항상 영화를 추천해 준다. 보고 욕하더라도 나는 그 오빠가 추천해주는 영화가 수준이 높다는 걸 알기 때문에 다 보는데 그 오빠는 내가 추천하는 건 안 본다. 오빠가 아이언맨 같은 영화를 좋아하는 건 빼고 상업영화 보다 독립 영화, 예술영화를 더 많이 보는 것은 비슷하지만 서로의 취향은 극명하게 갈린다. 그래도 끊임없이 영화를 추천해 주는 이유는 가끔 극찬하는 것도 있어서 상대방이 좋아하면 내가 더 기쁘니까. 영화 만세.

Y 선생님은 그저 내 옆에 있어 주는 것만으로도 고마운 존재이다. 내가 그들에게 도움을 주든받든 상관없이 말이다. 지금도 좋은 일 있을 때는 연락 안 하다가 힘들 때만 연락을 하곤 해서 얄미울 때도 있긴 하지만 어떨 때 연락을 하던 우리는 항상 별것 없이 똑같음을 알고 있다. 시시콜콜한 이야기를 나누고 항상 가는 세상에서 제일 맛있는 주꾸미 집에 가고 항상 걷는 월미공원을 걷다가 헤어진다. 좋은 일이 있다고 해서 신나거나 나쁜 일이 있다고 해서 울거나 하지 않는다. 그저 꿋꿋이 걸어가는 인생이라는 내 고단한 행로에 누군가가 옆에 있다는 것에 잠깐씩 얼굴을 비추며 위로를 받는 게 아닐까. 우리는 인간으로서 언제든 찾으면 옆에 있어 줄 누군가가 있다는 것을 확인하는 것만으로도 힘이 되지 않았던가.

상황에 맞는 대처방법을 알면 어떤 문제가 생겨도 걱정하지 않는 것처럼 내가 부르면 대답해 줄 누군가가 있다는 것을 알기 때문에 조금 더 과감하게 삶을 대할 수도 있었다. 실수하거나 막혀도 해답이나 위로를 혹은 창피한 내 모습을 털어놓을 쓰레기통이 되어줄 수 있는 누군가 때문에.

　나는 사람들에게 사랑받을 수 없는 미운 존재라고 자학하며 살아왔다. 그 생각은 아직도 나를 저주처럼 따라다니며 괴롭힌다. 돌이켜보면 고마운 사람들 좋은 인연들도 많았는데 왜 나는 그동안 외롭고 불행하게 혼자였다고 생각하며 살았을까. 마치 극적인 한 편의 영화라도 만들어야 한다는 듯 나는 억지로 힘겹게 내 불행을 멀리 저 멀리 그리고 열심히도 끌고 갔다. 그런 생각에서 벗어날 수 없는 건 '무의식을 의식화하지 못한' 이유 때문이겠지만 언제나 스스로를 뒤흔들고 방해하고 분열시키고 어디서든 이방인처럼 행동하였다. 그동안 놓친 수많은 인연들이 안타깝고 미안하다. 지금 내 곁에 있는 몇몇의 사람들을 보면 전생에 무슨 인연이 있지 않았을까 생각하게 된다. 나는 초자연적인 것이나 영적인 것에 관심이 유달리 많은데 전생에 대해 찾아보다 보니 지금 어떤 일을 잘하는 사람은 전생에도 그 일을 했었거나, 누군가와 이상한 관계를 유지하는 사람들은 전생에도 그와 그럴만한 어떤 이유가 있어서라고 하는 걸 들은 적이 있다. 그 중 기억에 남는 이야기가 있다. 전생이란 누구는 뭐 왕이었고 하는 그런 대단한 이야기만 있는 것이 아니다.

　어떤 어머니가 아들이 자신에게 너무 집착을 한다는 고민을 하고 와서 전생 최면을 한 적이 있다고 한다. 아들은 어머니가 어딜 가든 무엇을 하든 그렇게 걱정을 하고 따라다니고 잔소리가 심해서 어머니가 무척 힘들었단다. 전생을 보니 그 어머니는 전생에 부모님을 일찍 여의고 오빠랑 둘이 초가집에서 살았다. 어린 동생을 집에 두고 오빠는 돈을 벌기 위해 동네 아저씨들과 나무를 베러 산에 가곤 했는데 어느 날 오빠는 나무에 찔리는 사고가 나 그 자리에서 죽고 동네의 부잣집에서 혼자 남은 그의 여동생인 자신을 데리고 가서 몸종으로 부렸다고 한다. 죽은 오빠의 영혼은 그 사실도 모르고 빈집에서 여동생을 기다리다가 혼자 쓸쓸히 하늘나라로 갔고 그 여동생도 어떤 이유로 스무 살까지밖에 못살고 일찍 죽었다고 한다. 그분은 빈집에서 나를 기다리는 오빠가 너무 불쌍하다고 눈물을 흘렸다. 그리고 그 오빠가 지금의 아들인 것 같다고 했다. 그 인연도 인연이지만 그 사연이 몹시 슬퍼서 기억에 남아있다. 전생은 무슨 장군이었고 왕이었고 하는 대단한 것이 아니라 이런 보통의 사람들의 이야기다. 현생에서 인연이란 전생에 어떤 관계나 사건을 매듭짓지 못하여 아픈 미련이 남아있는 사람들이 다시 무언가를 정리하기 위해 같은 시대에 태어난 사람들일 수도 있겠구나 생각하니 내 주위에서 나에게 좋든 나쁘든 영향을 끼치고 있는 사람들을 다시금 돌아보게 된다. 지금 가까이 있는 나의 인연들과도 무슨 사연이 있었을까.

이 정도로 살았으면 다음 생에는 어떻게 태어날까. 분명 무언가를 감수해야 한다. 지금의 생이 전생과 연관된 것이라면 어떠한 원인이나 이유를 가지고 지금의 삶을 영위하고 고집하고 있을 것인데 만약에 내가 내생에 태어나 영 과거가 궁금하여 전생 최면을 한다면 그래서 전생의 가장 영향력이 큰 기억을 끄집어낸다면 어떤 기억을 머리채 휘어잡아 끌어당기듯 무의식 밖으로 소환시켜 지금의 삶과 연관시킬까. 내생에 내가 누군가의 옆에 다시 다가간다면 그 사람은 누굴까 곰곰이 떠올려 본다. 딱히 누군가가 생각나지 않는 걸 보니 아직 만나지 않은 사람인가. 다음 생에서까지 다시 만나고픈 그런 절절한 감정을 가지게 하는 사람이 없다니 참 애석하고 외롭다. 혹시 죽어서라도 복수하고 싶은 사람이 있다면 다음 생에도 쫓아가서 태어나 찾아갈지 모를 일이다. 충분히 그리리라 본다. 아무것도 특별할 게 없는 이 삶을 나는 스스로가 인정하지 못해서 자꾸만 이렇게 집착하듯 허상만 쫓는 것은 아닌가 싶다. 아무리 생각해도 나는 정서적으로 망가져 있고 방치되어 있으며 삶은 허무하게 흘러갈 뿐이니 말이다.

　며칠 전 Y 선생님을 만났다. 몇 달 만에 만난 건지 범보 의자에 앉아있는 모습만 보던 둘째 아기가 걸어 다닌다. 이렇게 오랫동안 안 만났나 싶어 또 괜히 서운하다. 항상 그렇듯이 산책로를 걸으면서 나누는 이야기란 서로 비꼬고, 놀리고, 구박하고 그러다가 배고파지면 또 주꾸미를 먹으러 가서 둘이 3인분을 시켜서 누가 주꾸미를 더 많이 먹나 눈치 보면서 안 먹는 척하며 더 많이 먹고 배를 두들기며 나와 항상 가는 카페에서 미래에 대해 이야기 하며 성공을 다짐했다. 그리고는 남편 없는 날, 내가 놀러가서 자고 오기로 약속을 했는데 나에게 아기를 봐달라고 할 것이 분명해서 고민 중이다. 새로 이사한 우리 집에 애 둘을 데리고 놀러 와서 자고 가겠다는 말도 한다. 오는 건 좋은데 누울 자리는 없을 거라는 얘기는 괜히 해준 것 같다. 와서 좁고 곰팡이 슨 방을 보고 배신감을 느끼면 그 모습이 얼마나 웃길까.

제2장
일상이 글이 되는 순간

늦잠, 그리고 지각

나는 시간에 대한 강박이 있어 의도치 않게 늦잠을 자거나 지각은 하는 일이 거의 없다. 이 강박이 나를 괴롭히는 방법으로는 약속 시간 30분 전에는 도착해 쓸데없이 커피값을 낭비하며 시간을 버린다든지, 개인적인 약속은 1분이라도 늦을 것 같으면 몇십 분 전에는 미리 연락을 하여 시큰둥한 상대방에게 호들갑을 떤다든지, 공식적인 약속은 늦을 것 같으면 아예 안 간다든지 하는 것들이다. 정말 보고 싶은 영화였더라도 상영 시작 시간이 빠듯해 영화관에 5분 전에 못 들어갈 것 같으면 그냥 다음에 보는 것으로 포기하고 만다. 이런 나에게 지각에 대한 큰 추억이 하나 있다.

준종합병원 수술실에서 일할 때의 일이다. 인간의 습성이란 어떤 일이든 지나면 감정에 주도권을 빼앗겨 아름다운 착각을 일으켜내듯이 나 역시 그때의 난장판을 뿌듯하게 떠올리게 된다. 원장님도 젊고 권위의식이 없는 데다 유머 감각까지 갖추고 있었고 그런 원장님이 뽑은 직원들이다 보니 다른 과장님들도 다들 비슷하게 편안한 스타일이었으며 간호과장님도 여러 면에서 존경할 만한 사람이었다. 같이 일하는 선생님도 내 또래에 냉랭하지만 귀여운 성격의 소유자였다. 그러나 항상 인원이 부족해 빠듯하게 돌아가는 근무환경이었는데 오버타임 수당도 안 주면서 자꾸 아침 일찍부터 수술을 잡아 밤늦게까지 이어지는 상황에 짜증이 났다. 수술이 아침 8시에 잡히면 한 시간은 일찍 와서 알코올로 청소를 하고 수술 준비, 마취 준비 등 할 게 많았는데 그게 그렇게 억울할 수가 없었다. 반복되는 오버타임에 불만을 토로해봤지만 통하지 않았다. 하루는 참다 참다 안 되겠다 싶어 아침에 알람을 듣고 일어나자마자 핸드폰을 끄고 다시 누웠다. 그땐 주말에도 수술이 있으면 나가야 했기 때문에 주말에도 마음 놓고 푹 쉬거나 멀리 나가본 적이 없어서 처음으로 마음은 불편하지만, 몸은 느긋하게 지겨울 때까지 반항심으로 잠을 잤다. 그렇게 푹 자고 일어나니 11시. '할 게 없네. 먹을 것도 없고. 심심하네. 세수나 하고 슬슬 병원이나 나가볼까. 지금쯤 수술 하나 끝나고 두 번째 수술을 하고 있으려나.' 핸드폰을 켜보니 병원에서 전화가 수십 통이 와 있었다. 병원에 도착해 수술복을 갈아입고 나오니 시니컬하고 까칠한 노총각 수 선생님이 피식 웃으며 '왔냐?' 하신다. 슬슬 눈치 보면서 수술실을 들어가니 신경외과 과장님이 수술을 하고 계셨고 아무렇지 않게 힐끔 보고는 수술을 진행하셨다. 그리고 언제나 서로 의지하며 일하던 S 선생님은 나 대신 스크럽을 들어가 있는데 그 모습이 왜 이렇게 우스운지! 나는 손을 싹싹 빌며 웃었다. S 선생님과 마취 선생님은 우리 유란이가 드디어 왔다면서 왜 이제 왔냐며 울상을 하며 반기는데 그게 그렇게 우스울 수가 없었다. 안 올 줄 알고 밥 먹을 시간이 없겠다 싶어 직원식당에서 밥 좀 가져다 달라고 부탁했던 점심도 취소했다. 수술실에 전화가 오길래 받으니 원장님 목소리다. 뭐라 뭐라 오더를 말씀하시고는 기죽은 목소리로 '언제 왔어? 왜 늦게 왔어.' 하신다. 핸드폰 꺼진 줄 모르고 잤다고 했더니 '그래도 전화기를 켜놔야지…….' 하고는 기운 없이 말씀하시는데 괜히 마음이 정하여 권위의식 없이 친구처럼 대해주시는 수술실 사람들에게 새삼 감사하고 장난친 것에 미안했다. S 선생님은 수술이 끝나고 나서 말하길 내가 9시까지 안 왔을 때는 화가 났는데 10시 넘어서까지 안 오니 도망갔구나 하고 포기했었다며 '그게 그렇게 싫었니?' 하고 묻는다. 원장님은 오늘 회식하자고 하시고는 저녁에 삼겹살을 사주셨다. 원장님도 내가 도망간 줄 알고 걱정하고 마음 쓰셨나 보다. 원장님은 농담으로 말하길 너는 다 좋은데 하나 고쳐야 할 점이 수술할 때 하품 좀 그만하라신다. 내가 얼마나 좋은 사람들과 일하고 있었는지 깨달았다. 철없는 하루 동안의 소동은 그렇게 지나갔다. 그 후로도 오버타임은 시정되지 않았지만.

그 수술실에서는 얼마나 많은 추억들이 있는지 그곳에서의 기억이 사라진다면 내 일부분이 날아갈 것이다. 수술 중 내 눈에 의료용 락스가 들어가서 눈 좀 닦아달라고 소리를 지르자 원장님은 '야, 호들갑 좀 떨지마. 너 때문에 죽겠어. 스크럽은 수술 중에 눈에 쇠꼬챙이가 꽂혀도 수술하는 거야'. 라고 하시면서 내가 수선 떠는 것을 그렇게 싫어하셨다. 그렇다고 그거 때문에 뭐 죽을 것까지야. 아침에 원장님이 수술을 들어오며 어젯밤에 톱스타와 연애하는 꿈을 꿨는데 엄청났다며 호들갑 떠는 게 나는 더 심하다고 생각한다.

재미있는 사소한 모습들이 기억에 많이 남는다. 다른 수술 중에 원장님이 갑자기 들어와서는 '야, 정유란! ㅇㅇ기구 어딨냐?' 하고 급히 묻는다. '오른쪽 장 맨 밑에요.' 하고 대답하니 바닥에 무릎 꿇고 엎으려 찾는 모습을 보며 마취과 선생님이랑 소리 죽여 웃었는데 원장님이 그러는 모습을 보니 지금 생각해도 너무 귀여운 모습이다. 수술실 기구는 멸균 상태이기 때문에 멸균이 안 된 것에 접촉이 되면 안 된다. 수술을 진행하다 가끔 기구를 바닥에 떨어뜨리기도 하는데 떨어뜨리면 그걸로 끝이고 하나밖에 없는 기구를 떨어뜨리면 당장 쓸 것이 없어 더욱 큰일이다. 하루는 내가 기구를 떨어뜨리니 원장님은 화를 내는 대신 '야! 다음부터는 수술 바닥에 앉아서 하자. 돗자리 깔고' 하신다. 내가 목청이 터지게 웃으면 자신의 유머가 아직 죽지 않았다는 듯 더 좋아하셨다.

까칠한 남자 수 선생님은 엄마가 무속인이라고 하는데 그렇게 귀신을 잘 봤다. 지난밤에 수술실과 붙어있는 중환자실에서 귀신 본 얘기를 하면 무서워서 도무지 음침한 수술실 안을 돌아다닐 수가 없었다. 우리 병원은 터가 오래되 유난히 어두운 기운이 느껴지고 무서웠지만 사실은 수 선생님 생긴 게 더 무서웠다. 나는 그 시절 과로사하지 않을까 싶게 정말 몸이 힘들었다. 가끔 두어 시간 정도 수술이 비는 때가 있으면 수술대 위에 올라가 불을 끄고 잠을 자곤 했는데 수 선생님은 지나가다 누워있는 나를 보고는 '너는 아무리 그래도 거기서 잠이 오냐?'며 한심한 듯 쳐다보곤 했었다. 귀신이 내려다보고 있다는 얘기를 진작해줬더라면 나도 거기서 자진 않았을 것이다.

마취과 출신이었던 S 선생님한테도 많이 배웠다. 그 선생님은 가수 신화에 빠져서 하루 종일 인터넷 신화카페에서 활동 하느라 정신이 없었는데 나에게 일을 다 가르치면 자기가 안 해도 된다며 열심히 가르쳐 주었다. 스케줄 잡힌 수술을 하나부터 열까지 나 혼자 다 할 땐 그 선생님이 정말 얄미웠지만 답답한 나를 끈덕지게 참고 기다려주며 가르쳐 준 것에 대해서는 존경과 감사함을 부정할 수가 없다. 무엇보다 냉랭한 성격이 너무 귀여웠다. 내가 수술 사진을 찍을 때 이름을 한 글자 잘못 써서 찍은 적이 있었다. 수술 끝나고 선생님이 방에서 조용하기에 뭐하나 보니 덤덤한 표정으로 이름을 쓴 종이와 같은 색깔을 그림판에서 복사해 붙여넣기로 지우며 내 뒷수습을 하고 있는 것이었다.

힘든 일 있을 때마다 항상 위로해 주고 지지해 주시던 마취과 선생님은 내가 한 달 동안 파리 여행을 갈 때 잘 다녀오라며 한화로 15만 원 정도 되는 유로를 선물로 주셨다. 그 당시 내가 원장님께 허락을 받고 버킷리스트 목록의 하나였던 머리 탈색을 했었다. 그 위에 다른 색의 염색을 조금 입혔는데 원장님은 내 머리를 보더니 '야, 닭이 병아리를 여러 마리 까면 그중에 꼭 비실비실하다가 죽는 애가 하나 있잖아. 꼭 그 색깔 같다.'며 꼭 그런 식으로 뒤통수 때리고 싶을 만큼 얄밉게 말씀을 하셨는데 나중에 생각해보니 그 말이 너무 우스워 여기저기 이야기를 하고 다녔다. 이런저런 사연으로 인해 힘들게 몇 달을 일한 후 나는 파리 여행을 허락받아 원장님이 사오라던 무슨 프랑스 가수 시디와 엽서를 꼭 보내겠노라고 약속을 하고 한 달간의 여행을 떠났었다. 그때 보낸 엽서를 원장님은 5년이 지난 지금까지 책상 위에 올려놓고 있다고 한다. 여행을 갈 때도 재미있는 뒷이야기가 하나 있는데 내가 휴가계에 '기간 30일, 목적지 파리'하고 써서 냈더니 기획실장님은 그걸 보고 회사생활 20년 동안 이런 건 처음 봤다며 도대체 어떻게 받아드려야 할지 모르겠더란다. 그래서 고민하다가 노무사에게 전화를 해 이래저래 사연을 이야기했더니 노무사가 하는 말'있는 그대로 받아들이세요'했다고 한다. 내가 회식 자리에서 그 이야기를 듣고 얼마나 웃었는지 모른다.

얄밉긴 해도 사람들이 하나같이 만화 속 캐릭터같이 재미있고 다정했으며 그곳에서의 생활은 즐거웠다. 그러나 예상치 못한 안 좋은 일로 인해 S 선생님은 뜨뜻미지근한 여운을 남긴 채 퇴사를 했고 나까지 불미스런 사건에 휘말리게 되었다. 병원 실세였던 3병동 수 선생님이 내가 근무하는 병원에 잠깐 입원해 있는 동안 내 이름으로 마약을 수십 개를 끊었다고 한다. 그걸 누가 보건소가 아닌 경찰에 신고를 해 우리 병원으로 경찰에서 조사가 나왔고 그중에서 나는 직접적인 마약 혐의로 경찰청까지 가서 조사를 받았다. 그리고 나는 병원을 그만두었다. 결국 혐의없음으로 결론은 났지만, 다시 돌아가고 싶지 않았다. 마지막 수술을 하면서 원장님의 계속 같이 일하자는 말에 눈물이 울컥하는걸 간신히 참았다.

한 공간에서의 시간들은 어느 한 사람과의 연애와도 같다. 기억들은 시간이란 필터를 지나면 어리숙한 추억이 되듯이 나는 아마 앞으로도 좋은 감정들만 남기고 즐거운 시절로 기억할 것이다. 책을 읽을 때도 한 구절이 빠지면 이야기가 이어지지 않듯 인생의 역사 속 짧은 구절들을 함께 만들어 나가고 또 사라지는 사람들 덕분에 작은 구멍들을 채우며 내가 여기까지 살아왔지 싶다. 다시는 만날 일이 없을지 몰라도 내가 기억하듯 희미할지언정 다른 누군가도 기억할 것이고, 그들이 나의 한 구절이듯 나도 그들의 한 구절일 것이다. 흐르는 강물을 붙잡듯 지난날을 회상하는 것이 가끔은 슬프게 느껴질 때가 있다. 왜 우리는 끊임없이 과거를 회상하는 것일까. 현실에 지쳐서? 현실에 만족을 못해서? 아무튼 너무 행복해서도 아니고 너무 불행해서도 아닐 것이다. 명분 없이 어설프게 자리한 일상 속 빈자리를 머리통 속에서만 맴돌 뿐 보이지도 않고 어떠한 영향도 없는 과거의 회상으로 채우는 것일지도. 마치 심심할 때 지난 영화를 돌려보듯 말이다.

다행이다

서사시에 따르면 힌두교 창조의 신 브라흐마가 하늘에서 연꽃을 떨어뜨렸는데 그 자리에 푸시카르라는 마을이 생겨났다고 한다. 아직도 인도여행을 떠올리면 갠지스강이 흐르는 바라나시만큼이나 푸시카르가 생각이 난다. 초등학교 때부터 인도 여행의 꿈을 키웠다. 삶이 힘들어질수록 인도에 대한 꿈은 더 커졌고 나중엔 죽기 전에 이루어야 할 단 하나의 소원이 되었다. 첫 직장을 그만둔 후 언젠가 죽을 거 후회나 없이 죽자 하는 마음으로 떠난 여행이었다. 인도는 이 세상에 존재하지 않는 곳 같았다. 푸른 새벽 맨발로 기도를 드리러 가는 사람들, 길 한가운데 자기 새끼들까지 펼쳐놓고 아무렇게나 누워있는 개와 소들. 나는 걷다가 모르고 길가에 누워있는 동물을 밟기도 했다. 그 동물들을 피해가느라 막히는 거리. 거리 곳곳 나무 사이나 골목 작은 사원에서 피우는 향냄새는 마치 최면에 걸린 듯한 기분이었다. 혼자 있고 싶은 나에게 혼자 있을 시간을 주지 않고 너무나 친근하게 다가오는 그들. 그리고 너무 많은 차와 소음, 매연, 호객행위에 지쳐 갈 때쯤 작은 로컬버스를 타고 도착한 곳이 푸시카르였다. 낙타 축제로 유명한 작은 사막 마을인 그곳의 첫인상은 하얗고 깨끗하였다. 그동안 보았던 인도의 풍경이나 인도사람들의 모습과는 완전히 다르게 차분했다. 그즈음 나는 몇 주 동안의 여행에 지쳐 몸살이 심하게 났었고 몹시 지쳐 있었다. 다른 지역에서는 호텔도 너무 더러워 침대 위에서도 침낭을 깔고 자야 했고, 욕실에서 머리를 감다가도 하수구를 보면 구역질이 났다. 그러나 이곳에선 길거리에 거지도 쓰레기도 없고 귀찮게 따라다니며 구걸하는 사람도 없었으며 마을 사람들은 도도하고 여유로웠고 심지어 개들도 얌전했다. 산에는 나무가 없고, 들에는 풀이 없고, 하늘엔 구름이 없는 텅 빈 황량하고 건조한 풍경이 그토록 아름다웠다. 살면서 한 번도 본 적 없는 풍경들에 한순간 매료되었다. 마을에 도착하자마자 본, 저 멀리 아이들이 발뒤꿈치 뒤로 반짝이는 사막 모래를 하얗게 풀풀 대며 걷는 모습은 죽을 때까지 잊지 못할 것 같다.

벌판에는 하얀 나무들이 앙상하고 모래에는 마른 선인장 가시들이 섞여 굴러다닌다. 마을 길 곳곳엔 낙타들이 물을 먹는 화려한 주황색의 수돗가가 있고 건물들은 낡았지만 모두 노랗고 파랗게 각각 색을 칠해 아름답게 꾸며 놓았다. 얌전한 길거리 개들에게 누군가가 꽃목걸이를 걸어주었다. 어느 게스트하우스 옥상에 있는 식당에서 뷔페식 식사(그래봤자 씨리얼에 빵, 잼, 콩, 오이, 토마토 등이다)를 먹으며 호수를 내려다보았다. 그 숙소에 묵는 백인 여자 둘이 방금 씻고 왔는지 젖은 머리에 비누냄새를 풍기며 들어왔다. 오랜만에 맡는 비누냄새라고 생각했다. 나는 까만 피부에 눈처럼 흰머리를 한 멋진 관리인이 있는 작은 야외수영장이 딸린 낡은 호텔에 묵었는데(한국 돈으로 2만 원 정도이다) 원숭이들이 자꾸 방으로 들어오려고 해 창문을 열 수가 없었다. 그래도 그곳은 조금 북쪽이라 날씨가 시원했다. 수영을 하고 젖은 몸으로 나오면 약간 춥기도 했는데 갑자기 다른 기온에 뭔가 어색했다. 인도에 와서 처음으로 한국 소식을 들었다. 나는 여행할 때 로밍이든 인터넷이든 연결망이라곤 전혀 없이 한국과는 완전히 단절된 채로 다니기 때문에 다른 여행객들에게서 가끔 전해 듣곤 했는데 한국은 지금 눈이 펑펑 온다고 했다.

꽤 오래 머물렀던 그곳에서 낙타를 타고 사막에 들어가 하룻밤 자고 오는 낙타 사파리 체험을 했다. 같이 낙타 사파리를 떠나는 인원들 중에서 나는 타지마할이 있는 아그라에서 만났던 형제를 다시 만났다. 동생의 입대를 앞두고 같이 여행을 온 형제였다. 전에 야한 조각이 새겨져 있는 사원이 있는 카주라호의 식당에서 본 일본인을 바라나시의 갠지스강에서 입에 가글액을 물고 지나가는 것을 다시 봤을 땐 정말 신기하다고 생각했는데 여행객들이 워낙 비슷한 루트로 다니다 보니 다른 지역에서 봤던 사람들을 또 보는 일이 종종 있었다. 기차를 타고 12시간이나 걸리는 먼 거리라도 말이다.

나는 낙타를 탈 때 우리나라로 치면 초등학생쯤 되는 어린 낙타 몰이와 함께 탔다. 두 시간 정도 낙타를 타고 들어가는데 중간에 잠깐 쉬는 동안 내가 타는 낙타가 모래에 뒹구는 바람에 모래 속에 섞여 있는 선인장 가시들이 낙타 몸에 온통 달라붙었다. 나는 너무 따가워 다시 탈수가 없었고 그 덕에 나는 다른 일행들보다 늦어져 어두워지기 전에 빨리 도착해야 했기 때문에 연륜이 있는 다른 낙타 몰이 아저씨와 함께 타고 야영지를 향해 전속력으로 달렸다. 그 넓은 사막에서 어디에 숨어있다 온 건지 개들이 따라와 음식을 얻어먹으려 기웃거렸는데 안쓰럽기도 하고 너무 순해 쓰다듬어 주었다. 인도에서는 사람이나 동물이나 한국에서는 느낄 수 없을 만큼 타인을 대하는 모습이 격이 없고 친근하여 외로울 틈이 없다. 쓸데없는 눈치를 보거나 자존심을 세우지 않아도 되기 때문이겠지 생각이 들었다. 기차에서 누워 있는데 엄청나게 큰 바퀴벌레 나타나 내가 소리 지르며 호들갑을 떨면 사람들은 재미있다는 듯 고개를 내밀고 웃으며 '노 프라블럼'을 외치는데 얼마나 익살맞게 웃어대는지 나는 그 모습을 사진으로 찍어 남기도 하였다. 그들은 아무렇지 않게 다가와 오래된 사이인 것처럼 웃고, 동물은 한평생 같이 산 반려견인 것처럼 어깨에 얼굴을 비비고 내 무릎을 베고 눕는다. 좁은 골목을 꽉 차게 차지하고 서 있는 소를 조심스레 피해 가야 하지만 그마저도 사랑스럽다. 문득 죽기 전에 이런 풍경을 보고 만나고 느낄 수 있어서 다행이고 감사하다고 생각했다. 사막 위에 비친 낙타와 내 그림자가 영화처럼 멋있었다. 마치 실크로드를 건너는 옛 상인들 같았다.

모래가 묻은 감자를 먹고 낙타 똥이 묻은 따뜻한 이불 속에 푹 파묻혀 사막의 별을 보며 잠이 들었다. 다음 날 돌아오는 길에 낙타는 힘든지 침을 길게 질질 늘어뜨리며 내 다리에 묻히곤 했다. 멀리 한 아이가 하얀 염소들을 줄지어 데리고 길을 가로지른다. 만약 내가 어느 곳에서나 살 수 있는 기회가 온다면 꼭 이곳을 선택하고 싶다.

혼자이고 싶어서 떠난 여행이었는데 그들만의 질서에 적응하기까지 나는 스트레스를 받았다. 내가 허상을 쫓아온 것은 아닐까 하는 상념에 사로잡히기도 했다. 그러나 있는 그대로의 모습을 사랑한다는 것은 이런 게 아닐까. 성스러운 몸짓으로 신을 모시는 위대한 그들 앞에서는 씻지 않아 더럽거나 실수하는 내 모습도 전혀 부끄럽지 않았다. 마치 어린 시절로 돌아가 엄마를 바라보는 느낌이었다. 중앙선 없이 이리저리 운전하는 오토릭샤를 타며 지금 죽어도 전혀 이상할 것이 없는 이곳에서 그저 살아있음에 감사하고, 길바닥에 앉아 기차를 기다리는 나에게 콧바람을 쿵쿵대며 입을 들이미는 소와 통통한 석류도 나눠 먹는 그 순간들이 감동이었다. 식당에서 밥을 먹고 있는 내 발밑에서 여유로이 돌아다니는 손바닥만 한 쥐도 귀여워 보이는 그 인도는 여전히 나의 가장 사랑하고 존경하는 1위의 올림포스와도 같이 성스럽고 아름다운 곳이다.

내가 여행을 사랑하는 건 과거와 미래가 없는 지금에 살며, 현실과 이상 그 틈 사이에 서서 발 한쪽씩만을 담근 채 너에게도 여기에도 속해있지 않는 이방인이기 때문일 것이다. 그 이방인에게만 주어지는 특권을 누리며 무책임하게 살아있는 것이 좋았기 때문인지도 모른다. 하지만 분명 여행이라는 것은 내가 살아가는 데 있어 전보다 더욱 당당할 수 있게 도와주었고 내 삶의 가장 큰 축복의 날들이었음이다.

한 달 동안 파리 여행을 갔을 때 연못 그림이 아름다운 모네의 마을 지베르니를 간 적이 있다. 기차를 타고 도착해 역 앞에서 다시 버스를 갈아타야 하는데 도무지 어느 정거장에서 타야 하는지 모르겠는 거다. 버스도 한 대 안 보이고 지나가는 사람도 없어서 물어보지도 못하고 마냥 기다렸다. 사실 그 전날 게스트하우스에서 만난 친구와 고흐 마을인 오베르 쉬르에 가기로 했다. 그러나 전날 밤에 게스트하우스 사람들이랑 모여 마트에서 사 온 푸아그라를 곁들여 무제한 제공되는 와인을 너무 많이 마셔댄 바람에 아침에 속이 안 좋아 드러누웠다. '미안해 나 도저히 못 갈 것 같아~' 하고 그 친구들만 보냈는데 그날이 휴일이라 문을 열지 않은 곳이 많아 구경을 제대로 못했다 한다. 아무튼 그날 고흐 마을은 포기하고 푹 쉰 후 다음 날 원래 내가 가기로 한 지베르니로 혼자 나온 것이다. 정거장에서 그렇게 한참을 기다리니 버스가 도착하여 문을 열어주었다. 지베르니 가는 거 맞느냐고 물으니 맞단다. 기사 아저씨는 버스에 오르는 나를 반갑게 맞으며 사탕을 하나 주었다. 한국의 호박엿 맛이 났다. 관광객들을 위해 연못은 그림과 똑같이 관리해놓고 있었다. 그대로 유지되어 있는 집과 이국적인 정원, 옛날에 모네가 이런 풍경을 보고 그림을 그렸구나 하는 생각을 하니 마치 동시대를 나누는 느낌이 들었다. 무척 아름다워 진정 예술가라면 그 풍경을 보고 영감이 떠오르지 않을 수 없을 것 같았다. 오래된 역사적인 장소나 그림의 배경이 된 곳을 방문하면 '옛날 사람들이 이곳을 이렇게 걸었겠지, 이런 풍경을 보았겠지, 이런 느낌이었겠지.' 하고 감각을 일치시키게 되는 현상이 시공간을 뛰어넘어 과거와 미래의 사람들 간의 존경과 역사를 전달하는 것 같아 고귀하게 느껴졌다. 이렇게 아름답고 평화로운 작은 마을을 보니 세계적인 예술가가 나올 만하구나 싶다. 길가의 어느 동화 같은 집의 담이 낮아 고개를 내밀어 보니 담 넘어는 땅이 낮고 넓은 마당이 있었다. 영화에서나 봄 직한 하이디 같은 옷을 입은 아주머니가 저 멀리 있는 농기구를 든 옆집 아저씨랑 이야기를 하고 있었다. 내가 쳐다보는 걸 느꼈는지 돌아보는데 남의 집을 담 넘어 보고 있던 게 민망해 아무렇지 않게 웃으며 손을 흔드니 그 프랑스 아주머니도 웃으며 손을 흔들어주었다. 우리는 과거의 흔적이 남아있는 곳을 보며 항상 생각하기로 아마도 옛날엔 더 행복했을 것만 같다. 더 낭만이 있고, 정신적으로 더 자유로우며, 더 예술에 모든 것을 거리낌 없이 바쳤을 것 같다. 가난마저도 훈장 같았던 시절이었을 거라고. 한여름 밤의 축제처럼 너저분한 흔적들만 남기고 사라졌을지라도 우리는 그렇게 과거를 더 과거를 찬양하였다.

　내가 묵었던 게스트 하우스는 파리 시내까지 전철로 30분 정도 떨어져 있는 약간 먼 위치에 있었는데 하루는 전철을 타고 지나가던 중 창밖으로 벼룩시장이 열리는 것을 보고 모르는 그 역에서 내렸다. 옷부터 시작해 각종 생활용품과 취미용품에 오래된 책들까지 구경할 것이 많았다. 그중에서도 오래된 골동

품이 멋있었다. 정신없이 물건을 팔고 사는 모습들을 보니 우리나라와 많이 다르지 않아 사람들을 구경하는 재미도 있었다. 영어가 한마디도 통하지 않는 그들은 전혀 신경 쓰지 않는다는 듯 나에게 분주한 손가락으로 가격을 이야기하고 나는 그곳에서 빨간색 원피스 하나와 그림이 예뻐 골라든 작은 책과 불어를 조금이라도 공부해봐야지 하는 마음으로 유치원생들이나 읽을 법한 낡은 동화책 하나를 샀다. 수없이 스쳤을 누군가의 손길과 그곳에서의 오랜 시간이 오롯이 깃들었다고 생각하니 일부러 무언가를 흉내 낸 것들이 아닌 진실 된 존재로 느껴졌다. 얼마만큼의 시간이 쌓인 지금의 내 모습도 그러해야 할 텐데. 게스트하우스 친구들에게 자랑하듯 펼쳐 보이며 이번 여행 역시 긴장감 없이 두리번거리는 내 삶과 비슷하구나 생각했다. 그림이 예쁜 작은 책은 나중에 불어를 아는 친구에게 물어보니 정원을 가꾸는 방법에 관한 책이란다. 어느 낯선 곳에서 우연히 주워 올리듯 발견한 어떤 낡고 소중한 물건들처럼 내 인생도 스스로 소중하고 아름답길 바랐다. 그러나 진실과 거짓의 경계는 언제나 모호하였고, 나는 언제나 좋은 사람이고 싶었으며 또한 노력하려 했으나 그것 역시 위선이라 느껴져 그만두었다. 나는 운명론자에 가까워서 일지 모르겠지만 지나가다 우연히 발견한 벼룩시장에서 만난 소중한 물건들처럼 인생 역시 나를 만나야 할 것들은 애쓰지 않아도 어느 날 문득 만나게 되지 않을까 생각한다. 억지로 하는 노력은 언제나 마음의 끝에 다다르면 결국 벽에 막히고야 만다. 떠들썩하지 않고 화려하지 않게 담담하고 잔잔하게 마음을 나누고 싶었다.

여행 중에 같은 도미토리를 쓰며 알게 된 J는 나에게 언니는 너무 밝아 보여서 부러운데 자신은 친구가 없어서 고민이라고 했다. 나 역시 사실은 밝지 않고, 친구도 없다고 했다. 그녀는 많이 외로워 보였다. 내 친구는 누구인지 고민하며 저 시간 속으로 멀어져간 학창시절, 고향 동네 친구를 더 이상 찾지 말라고 가장 친한 사람은 나와 가장 가까이 있는 사람이라고 말해주었다. 지금 나에게 가장 친한 친구는 너라고. 사실 나는 나이가 들어가면서 일상의 순간들을 대처하고 사람을 만나는 일이 남들 보기엔 썩 어색하지 않고 혹은 좀 더 노련해졌을지 모르겠지만 삶은 더욱 두려워졌다. 인생에 있어서 필연적으로 해야 하는 모든 일들이 기쁜 일까지도 나에게는 목을 짓누르는 무거운 과업처럼 느껴졌고 그것들을 생각하면 살기 싫어지기까지 했다. 아마 결혼을 하더라도 누군가 항상 내 옆에 있다는 숨 막힘과 더불어 살림, 육아를 비롯해 삶의 전반적인 일들도 돈을 받고 고용되어 일하는 사람처럼 굴 것만 같다. 미움과 원망보다는 체념과 절망에 가까운 이 삶은 마치 고도를 기다리는 주인공들과 다를 바 없었다. 조금만 더 기다리다 고도가 오지 않으면 나무에 목을 매야지 하고 수없이 되뇌는 것이다. 나에게 산다는 것은 삶과 죽음의 모호한 경계를 걷다가 툭 하고 다리가 풀려 앉았을 때 내 엉덩이가 더 많이 차지한 쪽에 속하게 될 장난 같은 것이었다.

　나에게 최대한의 기회를 줘보자고 다짐했었다. 남에게 피해를 주는 게 아니라면 남들이 다 하는 거, 내가 할 수 있는 거 다 해보자고. 실수가 뭐 그리 대수인가. 내가 부족한 영어로도 여행 다닐 수 있는 이유이기도 한데. 한번은 파리에서 우스운 일이 있었다. 공원에 혼자 앉아있는 나에게 어떤 한가한 프랑스 남자가 다가왔다. 나는 영어를 못한다며 보내려고 했지만 괜찮다고 하는 모습이 그렇게 나쁜 사람은 아닌 것 같았고 나도 심심하던 차여서 같이 공원을 산책했다. 공원에서 라켓으로 공도 치고 샌드위치도 먹었다. 나에게 프랑스어도 가르쳐 주었다. 고등학교 때 제2외국어로 불어를 했기 때문에 생각나는 것을 마구 뱉어보곤 했는데 그는 꽤 재미있어했고 간단한 단어를 말해도 무척 기뻐했다. 저 사람은 누구냐는 '끼에스?'를 지나가는 모르는 사람을 가리키며 말하니 그 친구는 당황해하다가 자신의 친구라고 불어회화 연습을 받아 주었다. 공원에는 초등학생들로 보이는 어린아이들이 단체로 나와서 빨간 헬멧 팀과 파란 헬멧 팀으로 나누어서 자전거 시합을 하고 있었다. 준비 땅 하니 진지한 표정을 하며 꽤 빠른 속도로 달려오는 아이들의 자전거 타는 모습을 보고 그 친구는 프로페셔널한 색깔이라며 웃었다. 아이들을 보며 나는 그 프랑스인 친구에게 너는 만약 결혼한다면 몇 명의 아이들을 가지고 싶냐고 물어보았다. 'How many' 라고 시작해야 하는 것을 나는 서툰 영어와 급한 마음에 'How much babies do you want to have?' 라고 물어보았다. 그 친구는 'What?!' 하며 놀라 펄쩍 뛰었다. 나는 금방 바로 잡았지만 내 영어 실수가 너무 황당하고 어이없어 웃었다. 그는 아이는 갖고 싶지 않다고 했다. 독일의 게스트 하우스에서도 침대에 엎드려 일기를 쓰는 나에게 자기 전에 불을 꺼달라는 친구에게 당당히 '테이크 오프!'를 외쳤었다. 한국 친구들에게 나의 실수를 이야기하면 그래서 어떻게 했냐고 놀란다. 하지만 외국인들은 내가 영어를 잘 못하는걸 아니 그러려니 하고 아무렇지 않게 넘어간다. 나중에 떠올리면 조금 민망할 뿐이다. 아무튼 재미있는 추억이다.

20대 때까지만 해도 평생 여행만 하고 살 것 같았는데 산다는 것 자체가 그렇듯 여행마저도 어느 순간 지겹고 지치는 때가 왔다. 그 불안한 설렘이 그립기도 하지만 떠남을 몇 번 반복하다 보니 가지 않아도 어떤 느낌일지 알 것 같았다. 또다시 허무에 닿은 것이다. 어릴 땐 다른 나라에게 가보는 것이 가장 큰 꿈이었고 가장 궁금한 일이었다. 텔레비전에 나오는 그런 세상이 어딘가 정말 존재하는 것인지, 혹시 영화 트루먼 쇼처럼 나를 속이고 있는 것은 아닌지 의심스러웠다. 에펠탑, 알프스 이런 것들이 영화에서 만들어 낸 것이 아니라 실제 존재하는 걸까. 정말 다른 나라에 가면 저런 분위기가 날까. 백인 혹은 흑인 아무튼 나와는 다른 인종의 사람들에게만 둘러싸여 있는 느낌은 어떨까. 다른 나라는 어떤 냄새가 날까. 항상 궁금했고 그걸 생각하면 발에서 날개가 나와 붕 뜰 것만 같이 간지러운 느낌이었다. 어릴 때부터 혼자 떠나는 것이 무의식 중에 있었지 싶다. 대학 때 교수님이 혼자 국내 여행을 한 이야기를 들려주었는데 그 이야기가 너무 행복했었다. 그리고 휴학을 하고 처음으로 혼자 여행을 갔다. 목적지가 전라도 보성이었다. 이유는 내가 좋아하는 드라마의 촬영지였기 때문이었다. 기차 타고 며칠 잠깐 다녀오는 것이 뭐 그리 대단한 거라고 너무 긴장해서 밤에 한숨도 못 잤다. 그리고 첫 직장에 들어가자마자 한 번도 가보지 않은 외국을 혼자 다녀왔다. 여권도 만들고 가이드북도 달달 외웠다. 인천공항도 처음 가봤다. 체크인을 하고 어디로 가야 할지 몰라서 물어봤던 기억이 난다. 비행기가 뜨고 구름 위를 한참 날아가는데 창밖을 보며 순간 내가 미쳤나 하는 생각이 들었다. 동물들은 가르쳐주지 않아도 자기 습성에 맞게 살듯이 사람도 마찬가지인 것 같다. 가르쳐주지 않아도 내가 정말 원하는 것에 저절로 마음이 이끌리며 저절로 몸이 따라가는 것이 본능이지 싶다. 각자의 스타일과 습성에 따라 사는 건데 우리가 서로에게 할 수 있는 것이란 각자의 개성과 삶을 인정해주고 존중해주는 것 말고는 더 뭐가 있을까.

병원

수술실에 있을 때는 항상 기절해 있는 환자들만 보다가 중환자실에 오니 식물인간은 그렇다 치지만 알코올 중독에 의한 간 경화나 치매로 정신이 온전치 못한 환자들을 대하는 것이 처음에는 흥미로웠다. 나는 부모님이 어릴 때 이혼했으니 명절 때 할머니 할아버지들을 만날 일도 없어서 그간 노인들과 가까이 지내거나 이야기를 나눈 적이 없었다. 게다가 치매 환자들은 처음 보았던 것이다. 중환자실 업무는 정신적인 스트레스를 이기기가 힘들었다. 간 질환, 폐 질환, 신장 질환 등등의 각각 다른 상황과 응급상황으로 심폐소생술을 하거나, 스스로 호흡을 못하는 환자에게 기도삽관이나 기도에 구멍을 뚫은 후 기계로 호흡을 시켜주는 벤틸레이터 사용 방법, 뼈가 보일 정도로 썩은 욕창 드레싱, 시간마다 반복되는 환자 체위 변경, 상황별로 필요한 온갖 종류의 약과 그 약을 주는 방법들 그리고 피, 가래, 대변 검사와 그 검사 결과를 보는 방법들로 정신없는 시기를 보내고 조금 익숙해지니 환자들이 눈에 들어오기 시작했다.

똑같은 환자들이지만 일을 하다 보면 그중에서도 유난히 정이 가거나 유난히 미운 환자가 있기 마련이다. 보호자가 자신이 특권층인 것처럼 거만을 떨면서 받아들일 수 없는 행동을 하거나 반말로 지시하거나 너무 말도 안 되는 의심을 하는 등 의료진들을 힘들게 하면 환자마저도 미워 보인다. 말기 암이었던 C 할머니가 그런 케이스였다. 중환자실은 면회 시간이 하루 두 번 30분씩 정해져 있는데 다른 보호자들은 미리 도착해 면회시간이 될 때까지 기다리고 있는 것을 보면서도 그 C 할머니의 아들은 아무렇지 않게 들어오려고 하고 시간이 다 되어도 나가려고 하지 않았다. 겉으로는 자기가 최고의 인격을 가진 양 행동하며 반말로 말도 안 되는 온갖 트집을 잡기 시작하면 정말 갖은 정이 다 떨어지는 것이다. 수액과 연결되어 있는 주사를 뽑거나 걷지 못하는데 침대 밖으로 나가려고 하다가 떨어지는 경우가 많아 의도치 않게 환자를 묶어놔야 하는 상황이 있는데 아들은 할머니의 묶여있는 모습을 보더니 엉뚱한 말을 해서 기암을 토했던 적도 있다. 그 할머니는 보호자가 없을 때 간호사들에게 제정신이 아닌 상태로 "ㅇㅇ아! ㅇㅇ아!" 하고 욕을 했다. 금식인 환자에게 집에서 가져온 음식이나 약을 몰래 먹이거나 환자의 귀에 대고 얼른 죽으라고 하는 상식 밖의 보호자들을 보면 되레 그들이 병원 치료가 더 필요한 사람일 거라는 생각이 든다.

대부분 식물인간이지만 정신이 온전치 못할지언정 대화가 되는 환자들이 있으면 재미있다.

선녀라는 이름을 가진 할머니는 미라처럼 비쩍 말랐었는데 성격이 온화했다. 기운이 없어 밥을 못 먹어 주사기로 미음을 조금씩 먹여드렸다. 입으로 밥을 못 먹는 환자는 보통 코를 통해 위까지 호스를 넣어 두유 같은 영양제를 먹이는데 그 할머니는 보호자들이 그것을 거부했다. 치매로 정신이 온전히 않으실 때는 나보고 저녁 일찍 먹고 얼른 들어가 자라던가, 냉장고에 계란이 있으니 먹으라던가, 밥 먹고 설거지는 꼭 해놓으라던가 그런 얘기를 하셨다. 그러다가 정신이 돌아오면 자기가 딸만 넷인데 아들을 못 낳아 구박을 많이 당했다며 꼭 아들을 낳으라고 하시며 결혼도 안한 내가 아들이 없는 것에 안타까워했다.

내가 입사하고 얼마 안 되어서 덩치가 크고 말도 재미있게 하시는 할머니가 잠깐 입원하셨는데 '너는 누가 뭐래도 내 조카며느리'라면서 내 옆에 꼭 붙어있으라고 하셨다. 나에게 고기를 삶으라고 하셨는데 생강이 있느냐고 물어보면 당연히 있지 하고 자신만만하셨고 내가 막상 고기 삶아온다고 하면 못 미더운지 본인이 하겠다고 하셨다. 가끔 며느리 어디 갔냐고 하루 종일 찾으시는 데 없다고 해도 지치지 않고 며느리를 찾는다. 그러면 내가 일부러 전화기를 들고 '여보세요, 며느리 어디 갔어요? 떡집 갔다구요? 언제 와요? 아, 2시간 있다가 온다구요? 알겠어요~' 하고는 전화를 끊는 척 연기를 하면 할머니는 그 소리를 듣고 안심한 듯 조용해졌다. 내가 연기하는 모습을 보고 다른 선생님들이 웃곤 했다.

한번은 농약을 먹고 자살시도를 했다가 식도가 녹아 거의 막혀 있는 상태로 병원에 오신 할아버지가 있었는데 성격이 독특하셨다. 그런데 가족들만 오면 딸에게도 "야! 이 새끼야 너는 그걸 말로 해야 아냐?" 는 둥 할머니에게는 "꼴 보기 싫으니까 가라."는 둥 그렇게 못되게 굴었다. 그러면 할머니는 지금 누구 덕에 병원에 누워 있는 것인 줄이나 아느냐고 병원에 공짜로 누워 있는 건 줄 아느냐고 서운해하시며 울다가 가시곤 했다. 나는 어릴 때 생각도 나고 할머니가 안돼 보여 할아버지가 나보고 뭐 좀 해달라고 하시면 일부러 '싫어요. 안 해줄 거예요. 왠지 알아요? 할아버지가 할머니한테 못되게 했잖아요.'하고 말했다. 그런데 할아버지는 아무 말이 없는 것이다. '할아버지 왜 아무 말도 없어요?' 하면 '네가 그렇다는데 내가 뭐라고 하냐……' 하셔서 결국엔 웃고 해드린 적이 있다.

　내가 병원을 그만두기 전에 계셨던 순임이 할머니 생각이 난다. 그 할머니는 혼자 있는 것이 외롭고 두려운지 틈틈이 말 걸어주는 내가 어디 갈까 봐 언제 가냐고 계속 물어보고 안 간다고 하면 옆에서 누워서 자라고 했다. 그러면서 신랑 밥은 어떻게 하냐고 걱정하신다. 신랑 집에 없어요 하면 '에구, 그러니까 그렇지.'하시며 애는 셋은 낳아야 한다. 그 할머니는 치매로 하루 종일 뭐라 뭐라 말씀하셨는데 목소리가 작아 시끄럽지는 않았지만, 도대체 무슨 말을 하나 궁금해서 들어보면 '조금 전까지 아들이랑 손녀가 있었는데 간다 온다 말도 없이 갔다'며 나쁜 놈의 새끼들이라고 욕을 하다가 혼자 있으면 적적하다고 끝내는 울곤 했다. 그 할머니가 어떻게 됐는지 궁금해 같이 일하던 선생님한테 연락해서 가끔 안부를 물었다. 지금도 보고 싶고 생각이 난다. 다른 병원으로 가게 되어도 지금 어떻게 지내고 계실까 궁금하고 생각이 난다. 특히 젊은 환자가 죽을 땐 어떤 사연이나 사고 혹은 특이한 병이 있었던 경우가 많아 많이 안타깝고 가족들도 어떻게 하고 있나 걱정이 된다.

　환자들이 죽음의 고비를 넘기면 남은 인생을 정말 감사하면서 건강도 챙기며 살 것 같지만 실제는 그렇지 않다. 싸우다가 머리를 다쳐 뇌출혈로 병원에 실려 오는 경우가 심심치 않게 있다. 40대 초반의 W 환자도 그런 케이스였다. 나이가 젊어서 그런지 수술 후 인공호흡기를 달고 있었지만, 며칠 만에 제거할 정도로 회복 속도가 빨랐는데 나이트 근무 중 한가하여 말을 시켜보니 기억을 잘하지 못하는 것이었다. 나는 차츰차츰 기억을 가져올 수 있도록 날짜와 장소도 알려주고 다치기 전에 무슨 일이 있었는지, 직업이 무엇이었는지, 가족관계는 어떻게 되는지, 기억나는 일이 있으면 그래서 그다음은 어떻게 됐는지를 몇 날 며칠 반복하고 유도해 나가며 잃어버린 기억을 찾도록 도와주었다. 그러다 어느 날은 중요한 사건이 생각이 났는지 심상치 않은 사건을 나에게 들려주었고 나는 다음 날 다시 그 환자가 나에게 해주었던 이야기를 환자에게 들려주었는데 그 사람은 갑자기 원래의 모습으로 정신이 돌아온 듯 무서운 표정과 눈빛으로 변신해 누가 그런 얘길 하냐며 물었다. 어제 나에게 이야기 한 것 기억 안 나느냐고 물으니 혼란스러운 듯 대답이 없었고 종종 그런 모습을 보였다. 이제 조금씩 정신이 돌아오는구나 싶어 편하게 말을 걸지 않고 지금 정신이 어떤 상태인가 유심히 지켜보곤 했는데 내가 가끔 그 환자의 정신상태가 어떤지 궁금하여 '갔어요? 왔어요?'하고 물으면 갔단다. 어딜 갔냐고 물으니 집에 갔다 왔단다. 계속 병원에 있었는데 언제 갔다 왔어요 하니 어제 갔다 왔단다. 얼마 후 그 환자는 충분히 회복하여 일반병실로 옮겨졌고 또 얼마 되지 않아 음료수를 사 들고 찾아와 고맙다는 말을 건넸다. 처음에는 누군지 알아보지 못했다. 맨날 누워있는 환자 모습만 보다가 엘리베이터나 복도에서 지나가다 보게 되면 건강하게 걸어 다니는 모습을 보니 기쁘면서도 진짜 그 사람인가 싶어 한동안은 적응이 되지 않았다. 그 환자는 새벽에 몰래 담배를 피우러 밖에 나가다가 출근하는 나와 뒷문에서 마주치곤 했는데 '죽다 살아나셨는데 이제 담배도 끊고 건강 챙기셔야죠.' 하고 말을 건네면 '병원에서 술도 못 마시는데 담배라도 피워야죠.' 했다. 그 이야기를 듣고 다시는 환자 걱정하지 말아야겠구나 생각했다. 그 환자는 얼마 안 있어 동생들을 거느리며 당당히 퇴원했다.

그래도 가족들이 있거나 늙어서 죽는 사람들은 그나마 보기에 마음이 낫지만 젊은 나이에 심하게 다치거나 자살시도를 해서 중환자실로 들어오는 환자들을 보면 마음이 많이 심란하다. 목을 매달거나 투신을 하면 죽을 확률이 높아서 자살에 실패하는 일이 없지만 차안에서 연탄가스를 마시거나 물에 빠지는 사람은 가끔 숨이 끊어지기 전에 발견되어 병원에 들어오는 일이 심심치 않게 있었다. 사연을 들어보면 나 같아도 그만 살고 싶을 듯 이해가 가 더 안타까운 것이다. 보통 어릴 때부터 안 좋은 환경에서 자라 성인이 되어서도 돈과 명예는 있을지언정 마음은 그렇지 못하거나, 어릴 때부터 이어지는 고통스러운 삶을 힘겹게 영위하고 있거나 그러다 사기를 당하거나 누명을 쓰거나 안 좋은 일이 반복되고 삶이 나아지지 않아 결국은 생을 포기하는 것이다.

우리 병원 1층에 편의점에 밤에만 아르바이트를 하던 아저씨가 있었는데 그날도 나는 나이트 근무를 끝내고 그 편의점에 들러 초코바를 샀다. 그런데 그날 밤에 다시 나이트 근무를 들어오니 편의점 아르바이트를 하던 그 아저씨가 목매달아 죽어 지금 우리 병원 장례식장에 있다는 것이었다. 다리에 힘이 풀렸다. 그 사람이 오늘 아침 나에게 초코바를 계산해 줄 때 이미 죽음을 결정했을지 모른다. 밤새 죽음을 고민하고 결정했을 것이다. 안 그래도 하얗고 마르고 외형에 손님이 없을 땐 우울하게 담배를 피우는 모습이 기운 없고 우울해 보인다고 생각했었다. 어쩌면 나는 그가 죽을지도 모른다고 생각했을지 모른다. 이렇게 마음이 아픈 걸 보면. 얼마나 무겁고 긴 시간이 그를 그렇게 만들었을까. 각자의 사정을 궁금해하는 것조차도 주제넘은 일이어서 그 힘없는 모습에 더 무관심하려고 애썼지만, 혹시 그 사람도 나처럼 글쓰기를 했다면, 누군가 책을 써보지 않을래 하고 조언해 준 사람이 있었다면 안 죽었을지도 모를 일이다. 그는 그동안 삶을 침착하게 견뎌내 왔을 것이다. 분명 충동적인 자살도 아니었을 거라고 생각한다. 사는 것을 이제 그만하겠다고 생각했을 뿐. 가끔 평생을 안 좋은 환경에서 빠져나오지 못하는 사람을 보면 운명이라는 게 있나 싶을 때도 있다. 어쩔 수 없는 운명에 휩쓸려 정신마저 그 안에 갇혀버린 한 인간의 삶의 끝에서 인사조차 나누지 못함이 쓰라렵다. 나는 죽어서 다시 만날 사람들이 참 많겠다. 중환자실에서 혼수상태로 있다가 돌아가신 분들이라 그 사람들이 나를 기억할지 모르겠지만 말이다.

병원에서 일하는 사람들이나 보호자들은 중환자실에 누워있는 환자들처럼 죽음을 목전에 둔 상황에 처해보지 않았다. 그래서 그들은 환자들이 이런 고통을 받느니 차라리 빨리 죽는 게 나을 거라고 떠벌린다. 하루는 퇴근하기 전 할머니 얼굴이나 보고 퇴근하려고 다가가니 안 죽겠다며 소리 지르며 발버둥을 치는 것이었다. 우리가 뭔가 큰 착각을 하고 있었구나 싶었다. 나는 또 더욱 궁금해져 대답만 간단히 할 수 있는 어떤 할아버지에게 '할아버지, 여기 누워서 움직이지도 못하고 똥도 혼자 못 닦고 밥도 콧줄로 먹고 주사기로 찌르면 찔리고 가족들하고 같이 있지도 못하고 아무것도 못하는데 그래도 살고 싶어요?'하고 물어보니 그렇다고 대답한다.

삶이란 맹목적인 것이다. 그런데 우리는 삶과 죽음에 대해 너무 오만하고 추악한 착각을 하고 있다. 죽어가는 사람에게 그런 질문을 하는 것이 잘못일 수도 있지만 그렇지 않았다면 나는 계속 그것도 모르고 오만한 태도로 삶과 죽음을 대했을 것이다. 그들은 아무것도 못하지만 권태롭지 않다. 오히려 매일 죽음만을 생각하는 나보다 더 큰 고통을 참아내며 치열하게 하루하루를 살아낸다.

환자들은 온몸이 마비되어 간호사들의 손 하나 뿌리칠 능력도 없으면서 끝까지 우리와 투쟁을 한다. 입안을 닦아 줄 때마저도 입을 안 벌리려고 버틴다.

나 같으면 아프게 할까 봐 말을 잘 들으려고 노력할 것 같은데 침대에 누워 아무것도 못하고, 아프다 대꾸도 못하고, 할 수 있는 거라곤 죽을 날을 기다리는 것뿐이면서도 끝까지 반항하고 고집을 피운다. 삶이란 뭘까 병원에서 수많은 죽음을 목격하며 많은 생각이 들었다. 분명 아무에게나 공짜로 주어지거나 관성에 의해 저절로 움직이는 그런 것은 아닐 것인데.

아빠의 죽음

사흘 동안 계속 똑같은 번호로 전화가 왔다. 요즘 시대에는 모르는 번호는 안 받으니 그냥 그렇게 넘겼는데 지역 번호도 내가 살던 시골이고 사흘 동안이나 오는 게 뭔가 이유가 있을 것 같아 근무 중에 조심스레 전화를 받아보았다. 'ㅇㅇ경찰서 강력계 ㅇㅇㅇ인데요 정유란 씨 맞으시나요?'라고 한다. 맞는데 무슨 일이냐고 물었더니 정ㅇㅇ 씨가 아버지 맞느냐고 또 묻는다. 놀라지 말라고 당부를 한 후 미안한 듯 주춤거리며 아버지가 돌아가셨다는 소식을 전했다. 안 놀랐다. 얼굴도 안 보고 사는 사람인데 새삼 뭘 놀랄 것까지야. 변사로 발견됐는데 죽은 지 한참 만에 발견되어 부패도 많이 됐다고, 가족을 찾으니 먼 삼촌이 나왔는데 그분이 내 이름을 가르쳐 주어 나를 찾아냈다고 한다. 그런데 도무지 전화를 안 받아서 포기하려던 차에 때마침 받았단다. 시신 인수하러 오란다. 조심스레 말한 경찰에게 민망하게 "꼭 가야 하나요?" 라고 물으니 놀라며

"당연히 오셔야죠."라고 한다. 그러고는 잘 기억나지도 않는 작은할아버지의 아들인 삼촌 연락처도 알려주었다. 나는 내일 아침 일찍 가겠다고 하고 전화를 끊었다. 당시 일하던 병원에 며칠 휴가를 받았다. 버스를 타고 내려가면서 내가 뭘 어떻게 해야 하나 싶고 살다 보니 재미있는 일이 참 많구나 생각했다. 사실 혼자 가기가 조금 겁나 엄마한테 같이 가자고 했지만 안 간단다. 내가 엄마라도 안 갈 것 같았다. 적당히 추웠던 3월이었다. 버스를 타고 몇 시간 지나니 메마른 시골 풍경이 눈에 들어왔다. 전화가 왔던 경찰서를 찾아갔다.

마을을 둘러보니 이렇게 작고 낡은 건물은 정말 오랜만이다. 계속 도시에만 지내니 몇 걸음으로 건너갈 수 있는 폭 좁은 찻길도 양옆에 늘어선 2층 이상 올라가지 않은 낮은 건물들도 새삼스럽다. 다방과 방앗간이 눈에 들어온다. 내가 언제부터 도시에 살았다고 아직도 이런 곳이 있나 싶었다. 의자에 앉아 나에게 전화를 주었던 경찰을 기다렸다. 앞에 남학생 둘이 앉아 있었는데 주고받는 이야기를 들어보니 오토바이 절도를 한 것 같았다. 그 와중에 웃음이 났다. 삼촌이 와서 나에게 아빠가 죽었을 당시 모습을 설명해 주었다. 집에서 죽은 채로 발견됐는데 컴퓨터는 켜져 있었고 의자는 쓰러져 있었다고 한다. 3~4일 만에 발견이 돼서 부패가 심해 몸이 부풀어 올라 옷을 찢어야 했고 몸에서 흘러나온 물이 바닥에 묻어있었고 조금 더 있었으면 구더기가 나왔을 것 같다고 했다. 나는 아빠가 어디서 맞아 죽을 줄 알았는데 그 정도면 호상이라고 대꾸했다. 삼촌은 기분이 상한 눈치였다. 자기가 뭘 안다고. 시신 인수 서류에 지장을 찍고는 바로 나왔다. 복잡한 것도 없었다. 오히려 너무 간단해 이상했다. 경찰은 시신이 어디에 있는지 알려주었고 그 장례식장으로 찾아갔다.

장례식장 아저씨는 나를 보더니 혼자 오셨냐며 당시 서른도 안 된 나에게 "남편은?" 하고 묻는다. "결혼 안 했는데요." 하고 퉁명스럽게 대답했다. 결혼을 하긴 해야겠구나 싶었다. 이럴 때 의지하고 같이 올 사람이 없으면 조금 외롭고 서운하기는 할 것 같았다. 장례식은 어떻게 할 거냐고 묻는다. 나는 빈소도 차리고 싶지 않고 아빠 장례식에 쓸 돈도 없었으나 삼촌은 고인의 마지막 길인데 최소한은 해야 하지 않겠냐며 자기가 아빠 핸드폰에 있는 친구들한테도 연락을 했기 때문에 사람들이 조금 올 테니 하루라도 빈소를 차리자고 했다. 그날 하루만 장례식을 하는 걸로 결정하고 방도, 꽃도, 음식도 뭐든 가장 싼 걸로 선택했다. 비용은 아빠 카드로 계산했다. 상복을 입고 입관식을 보러 갔다. 그러나 삼촌은 너무 부패하여 옷을 입힐 수도 없고 보기 힘드니 그냥 나가 있으라고 하여 밖에서 기다리다가 절만 하고 올라왔다. 조금 기다리니 작은할머니, 할아버지께서 오셨다. 어릴 때 놀러도 자주가고 예뻐해 주셨는데 많이 늙고 마르신 모습을 보니 멀리도 건너온 시간에 새삼 기분이 이상했다. 우리 친척도 다른 집 못지않게 식구들이 많았는데. 수십 명 되는 친척들이 모여 제사를 지내던 어릴 적 즐거웠던 기억이 떠올랐다. 물론 아빠의 친형제들은 본 적도 없지만.

장례식장 아저씨는 향은 홀수로 유지해야 하며 어떻게 피우는지 등 장례식 예법을 알려주었다. 할머니는 하얀 상복은 귀신 같으니 까만 옷을 입으라 하였다. 나는 시키는 대로 까만 상복을 입고 멍하니 앉아 있었다. 저녁이 되니 남은 식구들이 도착했다. 어릴 때 재미있게 같이 장난치며 놀았던 삼촌들을 보니 반가웠다. 나는 어릴 때 마음 그대로인데 삼촌들은 훌쩍 어른이 된 내가 어색한지 존댓말을 한다. 애기 때 봤던 조카도 어른이 되어 있었다. 누군지 알아보지도 못했다. 다리를 뻗고 누워 오징어를 뜯어먹으며 옛날 이야기를 했다.

밤이 되니 아빠 친구들이 하나씩 찾아왔고 나는 절을 했다. 조문을 온 어떤 사람들은 저기 상복을 입고 있는 애가 누구냐는 식으로 이상하고 기분 나쁘게 쳐다보기도 했다. 나는 이만하면 내 할 도리 이상을 했다고 생각하는데 알지도 못하는 사람들이 그렇게 쳐다보니 기분이 나쁘고 짜증이 났다. 어떤 아저씨는 절을 하자마자 나에게 아빠 집에 에어컨 내가 놔준 거라며 가져가야 한다고 하고, 어떤 아저씨는 아빠 집에 있는 보일러 내가 준 거라고 가져가야 한단다. 또 어떤 아저씨는 너희 아빠가 죽기 전에 내가 얼마를 꿔줬으니 받아야 한단다. 나는 대꾸도 안했다. 그러고는 친척들이랑 맥주를 한잔했다. 어떤 아저씨가 밥을 먹으며 나를 불렀다. 또 무슨 말을 하려고 귀찮게 부르는지 속으로 투덜거리며 갔다. 아저씨는 내가 중학교 때 봤는데 기억 안 나냐고 물었다. 그동안 힘들었지? 하며 아빠 너무 원망하지 말라고 다 안다는 듯이 위로해 주었다. 내 손을 잡아주며 위로해 주는데 참다가 터져 나온 눈물이 미친 듯이 흘렀다. 나는 화장실에 가서 엉엉 울었다. 아저씨는 간다고 인사하겠다고 하는데 나는 끝내 인사도 드리지 못하고 보내드렸다. 아직도 그냥 보내 드린 게 너무 죄송하고 아쉽지만 더 이상 만날 방법이 없다. 한번 터진 눈물이 멈춰지지가 않았다.

눈이 퉁퉁 부어 세수하고 와서 혼자 앉아 있으니 또 눈물이 났다. 혼자 울고 있는 나에게 삼촌들이 한 명씩 와서는 그동안 고생 많았다며 지나면 아무것도 없다고 기억만 있을 뿐이라며 나를 위로했다. 처음부터 같이 있었던 삼촌은 내가 오기 전부터 많은 것들을 정리하고 해외에 가 있는 동생한테도 연락을 했다. 동생은 주말에 도착한다는데 만나러 같이 갈 거냐고 하기에 안 간다고 했더니 그럼 엄마랑 둘이 해결하라고 할 테니 부탁인데 인연만 끊지 말고 지내라고 말씀하셨다. 이미 끊어진 인연 다시 잇고 싶은 생각은 죽어도 없었지만 그냥 그러겠노라고 대답만 했다.

장례식장에 주문한 음식은 최소한으로 시켰는데도 거의 남았다. 그것도 우리 식구들만 먹었을 뿐이다. 아침 8시에 화장터로 출발했다. 가까운 거리인데도 워낙 천천히 가는 덕에 차 안에서 한숨 자고 났더니 개운했다. 그 지역 사람들이 먼저 화장하느라 조금 기다리는데 뼛가루 담을 상자를 들고 있기에 손이 시렵고 추웠다.

관에 손을 올리고 묵념을 한 후 정해진 방으로 들어가서 기다리고 있으니 창문 안으로 가려졌던 커튼이 열렸다. 화장을 하는 흰옷을 입은 사람이 이름을 확인한 후 관이 들어가는 모습을 보여주고는 다시 커튼을 닫았다. 저곳에서 태워지는구나. 생각보다 관을 태우는 곳이 컸고, 거대한 저승의 기운이 무겁게 가라앉아 무서웠다. 관이 들어가는 것을 보니 이제 정말 끝이구나, 당신이 존재하는 지옥 같은 삶도 인연도 다 끝이구나 싶었고 한편으로는 그 인생이 불쌍해 눈물이 났다. 만감이 교차한다는 게 이런 말인가. 화장하는데 3시간인가 꽤 긴 시간이 걸렸던 것으로 기억한다. 관이 들어가는 것까지만 본 후 갈 길이 멀고 바쁜 친척들은 집으로 먼저 올라갔다. 화장을 시작할 때 사람들이 나간 후 나 혼자 남아 울고 있는 모습을 본 조카는 내가 안쓰러워 보였는지 '유란이 누나 혼자 남아서 울 거라고 자기도 남아 있겠다'고 했다고 한다. 갈 사람들은 다 가고 나는 큰 작은 엄마, 둘째 작은 엄마와 모여서 이야기를 나누며 시간을 보냈다. 화장이 다 끝나면 뼈만 남은 모습을 유리 밖에서 보여주고는 갈을 거냐고 묻는다. 갈아달라고 하니 기계에 넣어 갈아 유골함에 넣어준다. 생각보다 무겁고 뼛가루가 거칠다. 당연히 나는 따로 모실 게 아니어서 유택동산이라는 곳에 부어버렸다. 그곳에 버리면 그냥 한꺼번에 처리하는가 보다.

나오면서 묵밥 집에서 식사를 하고 화장까지 같이 끝내준 몇몇 친척들과도 헤어졌다. 나는 삼촌들이랑 다시 장례식장으로 와서 믹스커피를 한 잔 마셨다. 장례식장 아저씨는 비 오는 날 아빠 집에서 시신을 옮기느라 차가 흙에 빠지고 고생한 일을 잊지 못하는 듯 신나서 이야기했다. 아빠가 살던 집으로 갔다. 할머니는 삼촌이 담배는 절대 안 피운다고 했는데 삼촌은 할머니 안 보는 데서 담배를 뻑뻑 피웠다.

집을 짓고 살았다더니 집이 예뻤다. 옻나무를 쪼개 쌓아놓기도 하고 작은 텃밭도 있었다. 컴퓨터에는 엑셀로 쓴 가계부도 있고 고소장 같은 것도 있었다. 처음 발견했을 때 누가 들어왔었는지 집이 엉망이었다고 한다. 삼촌이 말하길 아빠가 죽어도 자기 재산 유란이한테는 절대 안 준다고 했지만 그래도 법적으로 준비해 놓은 것은 없을 테니 동생이랑 나눠 가지라고 했다. 나는 속으로 더러워서 줘도 안 갖는다고 생각하며 조용히 '동생 다 주세요'라고 대답했다. 삼촌은 동생과 통화를 하며 나에게 잠깐 바꿔줬는데 동생은 다짜고짜 '아빠 재산 어떻게 할 거야? 어떻게 하고 싶어?' 한다. 내가 장례식까지 치렀는데 돈이고 나발이고 내 돈도 아닌 것을 남은 정리까지 하고 싶진 않았다. 나는 아빠 집에 있는 각종 서류나 통장, 노트북 같은 것들을 챙겨서 동생이 오면 전해주라고 엄마한테 맡겼다. 삼촌은 문을 잠그고 가야 한다며 열쇠를 바꾸느라 왔다 갔다 혼자 열심이었다. 나는 도대체 왜 저러나 했는데 그동안 그 집에 자주 와서 밥도 먹고 가고 했단다. 남한테만 잘하면 뭐해 혼자 죽기 싫으면 가족들한테 잘해야지……. 집에 돌아와 생각해보니 며칠 지난 것 같았는데 겨우 만 하루 동안의 일이었다. 피곤했다. 빈소에 차리고 남은 과일들은 내가 집에 가지고 와서 심심할 때 잘 깎아 먹었다.

가족이고 용서고 그런 건 잘 모르겠다. 그냥 살아가면서 겪어야 할 하나의 이벤트가 지나갔을 뿐이다. 죽었다고 해서 안 보고 지낸 사람이 새삼 보고 싶다거나 용서한다거나 미안하다거나 하진 않는다. 아직도 옛날 생각하면 화가 치민다. 자기는 그저 자기 인생을 살다가 죽은 것이다. 그 후로도 가끔 아빠 친구한테서 돈을 갚으라는 전화가 오기도 하고 미국에 살고 있는 얼굴도 한번 본

적 없는 고모가 전화해 다짜고짜 아빠 수첩이 어디 있냐고 묻기도 하면서 잊을 만하면 한 번씩 속을 뒤집어 놓는다. 할머니와는 안부를 물으며 가끔 놀러가기도 하고 그동안 어떻게 지냈는지 옛날엔 어떤 일들이 있었는지 듣곤 하는데 아빠도 한평생 행복한 삶을 살지는 못한 것 같았다. 아니, 한 번이라도 행복했던 적이 있을까. 아빠는 왜 자꾸만 불행한 일들을 겪으며 남까지 고통스럽게 만들어야 했을까. 인간은 절대 가질 수 없는 것이 정해진 채 태어나는 것일 수도 있겠다 생각했다. 어린 나이에 떠돌아다니고 배고파 빵을 훔치다 교도소에 가고 외삼촌한테 두들겨 맞고 못 배워 막노동을 하고 불행했든 어떤 삶을 살았든 자기가 잘난 척 하는 것만큼 진정 강한 사람이었다면 자기 몸이 아픈 것에 대해 가족들에게 화풀이하지는 않았을 것이다. 몸이 아프다고 해서 가족 누구도 아빠를 무시하거나 원망한 적이 없었는데 말이다.

이석증

무척이나 아침을 기다린 적이 있다. 그렇게 아파본 적은 처음이었다. 병원 근무를 할 때 나이트 근무를 끝내고 낮에 마트도 다녀오고 이런저런 밀린 일을 보느라 초저녁이 돼서야 잠자리에 들었는데 그마저도 제대로 자질 못했다. 일어나야 할 시간이 다가오는데 이렇게 피곤한 적이 없었다. 도저히 잠이 안 깨고 고단해 머리만 까딱 들었다 내려놓기를 몇 번이나 반복했다. 그러다가 이제 진짜 일어나야지 하고 벌떡 몸을 일으켰는데 순간 머리가 심하게 핑 도는 것을 느꼈다. 괜찮겠지 무시하고 욕실로 가 양치질을 하다가 속이 갑자기 뒤집혀 변기에 토하고 말았다. 그때부터 폭풍우 몰아치는 듯이 정신을 차릴 수 없을 정도의 어지러움과 구역질이 시작됐다. 코끼리 코를 하고 1,000바퀴를 돌아도 물리적으로는 절대 만들어 낼 수 없을 어지러움에 내장까지 튀어나올 듯한 구역질이 올라와 드러누워 눈도 뜰 수가 없었다. 웩웩 구역질을 해가며 병원에 전화해 출근을 하지 못할 것 같다고 간신히 말하고 대화도 채 끝나기 전에 전화기를 놓치고 말았다. 기어서 방으로 와 누웠으나 현기증과 구역질은 영원히 멈추지 않을 것 같았고 바닥에는 토할 수 없어 옆에 있던 밥솥에다 구토를 했다. 너무 심한 구토에 설사까지 하고 몸은 미친 듯이 떨려왔다. 이대로 누워 있다가 탈수에 빠져 급성신부전증으로 죽을 수도 있겠다 싶었다. 나도 독거노인들처럼 고독사하는 건가. 더 이상 꼼짝도 할 수가 없었다. 전화기가 어디 있는지 찾아 도움을 요청할 수조차 없는 상태에서 그저 어지럼증이 가라앉기만을 바랄 뿐이었다. 그렇게 한참을 누워 있는데 누군가 찾아와 문을 두드리는 것이었다. 같은 병원에서 일하는 가장 친한 친구였다. 어떻게 왔냐고 하니 우리 수 선생님이 그 친구에게 전화해 유란이가 이상하니 집에 가보라고 했단다. 역시 의료인들 사이에 있으니 아파서 죽진 않겠구나.

우리 집에 도착한 친구에게 수 선생님은 다시 전화를 걸어 내 상태가 어떤지 물으며 119를 부르라고 시켰고 곧 구급대원들이 찾아왔다. 나는 도저히 머리를 움직일 수가 없는데 겉으로 봐서는 외상이 없으니 구급대원은 나에게 자꾸만 일어나라는 것이다. 내가 사시나무 떨듯 떠는 걸 보고 열을 재는데 머리를 휙 돌리는 바람에 바닥에 또 토하고 말았다. 그 모습을 보고 그제야 나를 들것에 들어 구급차로 옮겨 병원으로 이송해 주었다. 나는 그 구급대원들의 얼굴도 보지 못했다. 눈을 도저히 뜰 수가 없어 만 이틀이 지날 때까지 내가 거쳐 온 병원 풍경과 의사, 간호사, 구급대원, 친구의 얼굴까지도 보지 못했다. 응급실에 실려 들어갔고 이런저런 검사를 한 끝에 병실에 입원했다. 친구는 나 대신 병원비도 내주고 병실에 올라갈 때까지 응급실에서 곁을 지켜주었다. 친구가 잠깐 나가 있느라 목소리가 안 들리면 날 버리고 갔나 싶어 두려워 눈물이 나려고도 했다. 영혼까지 잡아 삼키는 무서울 정도의 어지럼증이었다. 나를 죽일 것만 같았던 내 병명은 생명에는 전혀 지장이 없는 이석증이었다. 머리를 갑자기 들면 귀속에 있는 돌 같은 것이 떨어져 나와 세반고리관을 굴러다니며 자극해 어지럼증을 유발하는데 보통은 고개를 돌릴 때 어지럽다가 누워있으면 금방 좋아지지만 심하면 나처럼 되는 것이다. 나는 만 이틀을 화장실도 못 가고 밥도 못 먹고 대신 수액과 극심한 어지럼증을 진정시켜 줄 수 있는 마약 성분의 주사만 맞으며 누워있었다. 가끔 간호사나 청소하시는 아주머니들이 왔다 갔다 하는 소리만 들렸다. 그러는 동안 그 친구는 나를 돌봐주었다. 집에 가서 문도 잠가주고 필요한 물건도 갖다 주고 시중도 들어주었다.

"누가 딸기를 사 와서 냉장고에 넣어놓고 갔는데……."

"됐어~ 나 안 먹어."

"아니, 나 그것 좀 씻어서 먹여줘."

"뭐? 참내."

그 친구는 어이없어 웃다가 딸기 네 개를 연속으로 내 입에 쑤셔 넣어 먹여주었다. 3일째 되는 날 그렇게 조금씩 정신을 차릴 수 있었고 빙글빙글 도는 시야로 엄마에게 전화를 했다. 친구는 엄마와 바통터치를 해주었다. 친구는 훗날 내가 일주일 입원하고 퇴원할 때 너 맨날 보다가 안 보니까 허전하다고 했다. 사실 나는 친구 얼굴을 본 기억이 별로 없지만 그 말을 들으니 감동이었다.

비틀비틀 걸어 다닐 정도가 되었다. 하지만 이석증이 생긴 왼쪽 귀 쪽으로는 고개를 돌릴 수 없어 돌이 들어갈 때까지만 입원해 있기로 하고 일주일 후에 퇴원했다. 사실 어떻게 지냈는지 기억도 잘 안 난다. 엄마는 짜장면을 사와 같이 먹었다는데 그런 일이 있었는지 조차 기억이 없다. 어지럼증은 퇴원 후에도 가라앉지 않고 한 달 넘게 지속되었다. 밖에 가게라도 가려고 나오면 식은땀이 흘렀다. 가장 심각한 후유증은 정신적인 트라우마였다. 나를 도와줄 수 있는 사람이 아무도 없는 곳에 혼자 있는 게 무서웠다. 샤워를 할 때도 어딘가를 갈 때도 갑자기 또 재발할까 봐 항상 불안했다. 이런 별것도 아닌 질환으로 며칠 아파도 정신적으로 이토록 나약해지고 피폐해지는데 정말 큰 병에 걸린 사람들은 어떻게 견딜까 싶었다. 도무지 나을 것 같지가 않았다. 만약 평생 이 상태로 살아야 한다면 아마 자살하고 말 것이다. 행동이 항상 조심스럽다. 누가 부르면 홱 돌아보지도 못하고 이불에서 누워서 뒤척일 때도 조심히 천천히 움직인다. 놀이공원에 가서도 놀이기구는 절대 안타는 건 물론 집 앞 놀이터에 그네도 안 탄다. 유럽배낭 여행 중 체코에 들렀을 때 스카이다이빙도 포기했다. 외국에서 토하고 기절할 상상을 하니 아무래도 그 고통을 외지에서 겪을 수는 없었다. 한동안은 술도 끊고 현기증을 가라앉히는 약도 항상 가지고 다녔다. 그러나 어지럼증은 항상 귀신처럼 따라다닌다. 내 영혼까지 갉아먹는다. 지금도 나는 잠깐 현기증이 오기라도 하면 순간 심장이 덜컹한다.

나는 병원에서 일했지만 아파서 병원에 갈 때는 공포가 엄습해 타일 바닥은 더욱 차가워 보이고 소독약 냄새는 소름 끼치게 코를 찌르는데 의사 앞에서는 언제 얻어맞을지 몰라 불안해하는 강아지마냥 움츠려들어서는 내가 항상 보던 그 풍경이 다르게만 느껴지는 것이다. 어떤 치료를 할지 알면 더 무섭고 그래서 아예 혼자 앓고 말 때도 있다. 그럼에도 불구하고 일한 지 몇 년이나 됐다고 환자들의 정신적인 지지에 무관심해지곤 하는 나를 발견하는데 환자들이란 다들 호들갑스러운 심각한 엄살쟁이로 보이는 거다. 분명 나는 다른 직원들보다 친절하고 환자, 보호자가 보기에도 천사 같을 거라고 자부했는데 그게 객관적인 판단이었냐는 말이다. 어쩔 수 없는 상황인데도 환자의 몸이 내 뜻대로 안 되면 울컥 짜증이 나곤 했다. 내 말을 알아들을 수 없는 상태의 환자에게는 '환자로서 준비가 안 됐어!' 하고 타박을 했다. 환자들 중엔 손등에 주사를 놓으려고 바늘로 찌르면 손을 홱 돌리고 또 찌르면 홱 돌리고 하여 주사를 못 놓게 하거나, 아프게 주사 놓으면 죽어 버릴 거라고 말하는 노인분들도 있고, 소변 줄이나 주사를 마음대로 빼버리기도 한다. 시뻘게진 얼굴로 땀을 뻬질뻬질 흘리며 몇십 분을 매달리면 머리가 띵하다. 정신이 온전치 않은 환자의 경우 소변 줄을 마음대로 뽑아버리는 일이 있는데 소변 줄 끝에는 빠지지 않도록 발룬이 되어있어 그냥 잡아당기면 요도가 찢어진다. 그 상황을 빨리 조치하지 않으면 요도가 협착 되어 수술하는 상황이 생길 수도 있어 위험한데 그럴 때면 나도 화가 나 이성을 잃어버리고 길길이 날뛰며 협박을 하는 것이다.

그간 짜증을 내는 예민한 환자들을 보면 우리가 이렇게 최선을 다하는데 도대체 왜 저럴까 이해가 안 갔다. 내가 자기 하수인인 줄 착각하나 싶었다. 하지만 환자들은 그런 게 아니라 그저 내가 지금 너무 고통스럽기 때문에 조금이라도 빨리 벗어나고 싶은 것이고, 나를 더 아프게 하지 않았으면 괴롭히지 말았으면 하는 것뿐이다. 내가 구급차를 타고 실려 가는 상황에 닥치니 알 것 같다. 너무 괴로워 당장이라도 죽을 것 같은데 의료인이 내 몸처럼 움직여주지 않으면 나를 조금도 배려해주지 않는 것 같은 느낌이 드는 것이다. 나는 너무 어지럽고 머리가 아파 고개를 움직일 수 없는데 열을 잰다고 내 머리를 휙 돌린 것, CT를 찍어야 하니 일어나서 휠체어에 앉으라는 것 나에게는 불가능한 일이었으니. 환자들은 자신을 침식시키는 질병 앞에서 얼마나 큰 정신적 육체적 고통을 고독하게 감내하고 있는 것일까.

배려에 관하여

어릴 때 시골 마을에서 있었던 일이다. 고등학교 친구인 M과 터미널에서 만나기로 약속을 했다. 약속을 하면 일찍 도착해서 기다리는 게 습관이라 그날도 먼저 도착해 친구에게 전화를 걸었다. 그 친구도 지금 가고 있는 중이라 했다. 한참 지나 어디까지 왔는지 궁금해 다시 전화를 걸었는데 M은 전화를 받지 않는 것이었다. 두 번 세 번을 해도 받지 않았다. 나는 생각이 항상 극단적으로 흐르는 경향이 있는 까닭에 누가 연락이 안 되면 화가 나거나 의심의 절차는 건너뛰고 '죽었나?'하는 생각이 먼저 든다. 안 그래도 그 친구가 걸어오는 길이 얼마 전에 사고가 났던 곳이라는 사실이 떠올라 걱정은 순식간에 산더미처럼 커져 엄청난 상상의 날개까지 펼치고는 잔잔했던 불안의 영역에 소용돌이 바람을 일으켰다. 나는 이성을 잃고 다른 친구들에게 전화를 해서는 M이 연락이 안 된다고 무슨 일 있는 게 아닌지 네가 한 번 전화해 보라고 난리를 피웠다. 몇 분 후 저 멀리서 여유롭게 종종 걸어오는 M이 보였다.

"야! 너 왜 전화를 안 받아. 안 받을 거면 전화기는 왜 갖고 다니냐?"

나는 고래고래 소리를 지르며 달려갔다.

"가고 있는데 왜 다른 애들한테까지 다 전화를 하고 난리야."

"연락이 안 되니까 걱정되어서 그랬지. 전화를 왜 안 받냐고."

다그치는 나의 물음에 M의 대답은 가관이었다.

"나 거의 다 왔는데 전화 받으면 너 전화비 나갈까 봐 그랬지."

10년도 훨씬 넘게 지난 일이고 시골이라 개인주의적인 도시 사람들과 사고방식이 많이 달라서 그런 건지 모르겠지만 평생 그렇게 살아왔으면서도 가끔은 아직도 어이가 없고 영 적응이 안 된다. 어설프지만 시골 사람들만의 투박한 배려인 것이다. 그 배려가 배려처럼 느껴지지 않아서 문제지만. 상대방을 위한 것인데도 불구하고 친구가 베풀어 준 배려는 나에겐 그렇지 못하게 되었다. 상대방이 원하는 만큼의 배려가 가장 좋은 것이라 조금만 지나쳐도 배려의 범위에서 넘어가 불편해지고, 조금만 부족해도 그 마음을 전혀 못 느끼게 되는 상황이 발생한다. 사람의 마음이란 각자 다른 모양과 크기를 가지고 있어 누군가에게는 당연한 것들이 다른 누군가에게는 당연하지 않고 타인을 위한 마음이 특별한 교육이나 훈련이 필요한 것도 아닌데 그렇다고 배우지 않으면 모르고 결국 법 아닌 불문율을 조용히 터득해야 하는 것이어서 나도 어른이란 허울을 쓰고 사회에 적응하기까지 오랜 시간이 걸렸다.

뭐든 아깝지 않은 가장 친한 친구 K와의 일화가 있는데 같이 송도센트럴파크에 바람을 쐬러 간 적이 있다. 나는 그곳에 갈 일이 많지 않아 길을 잘 몰랐지만 그래도 지하철역에서 멀거나 넓지 않아 금방 찾아가겠지 싶었다. 길을 찾아야 한다는 유심한 탐색도 없이 친구와 정신없이 이야기를 나누며 걸어가다 길을 잘못 들었음을 깨달았다. 나는 '이 길이 아니라 저쪽으로 가야 하나 보다.'고 친구에게 말했다. 그러자 친구는 이미 알고 있다는 듯이 "응. 여기 아니야. 저

쪽으로 가야 돼."라고 하는 것이다.

"너 길 알아? 근데 이 길 아니라고 왜 말 안했어?"

"그냥 네가 이쪽으로 가길래……."

띠용…….

내가 이 친구에게 절대 반항해서는 안 되는 존재라도 되는 것인가. 이 친구의 성격을 모르는 바 아니지만, 항상 겪을 때마다 황당하기 그지없고 내가 나쁜 사람이라도 된 것 같아 이유 없이 미안하다. 워낙에 결정 장애가 있는 데다 배려가 깊다 못해 너무 지나친 그 친구는 어디를 가든 뭐를 하든 뭐를 먹든 모든 결정을 나에게 맡기고 내가 결정하지 않으면 30분이고 한 시간이고 그대로 진도가 나가지 않는다. 마치 피해자와 가해자 혹은 엄마와 자식 관계 놀이를 하는 듯하다. 나도 사람을 저글링 하듯 노련하게 이리 던지고 저리 던지는 야무진 리더 역할에는 부합하지 않지만 그래도 그 친구보다는 뻔뻔하여 둘이 있을 땐 지휘자의 역할을 했던 듯싶다.

그 친구는 자기 마음대로 행동하는 게 실례라고 생각하고 나를 배려하는 행동이지만 그런 상황이 나에게는 얼마나 부담스럽고 압박이었는지! 나는 이 친구가 나를 만나기 싫어서 그런 건지, 아무것도 하고 싶지 않아서 그런 건지, 나 혼자 친하다고 생각하는 건지 심각하게 고민한 적도 있다. 나만 좋아서 먹는 음식 같고, 나만 좋아서 가는 산책 같고, 나만 좋아서 만나는 것 같았다. 너 먹고 싶은 거로, 너 가고 싶은 데로 모든 결정을 나에게 맡기는 그런 배려 아닌 배려에 지치기도 했다.

상대방의 입장에서 생각한다는 게 얼마나 단순하면서 어려운 것인가. 당연한 것이라고 생각하지만 상대방 입장에서는 당연한 것이 아니기 때문에 어려운 것이다. 아무것도 결정하지 않는 그 친구도 그게 당연할 것이라고 생각했을 것이다. 반대로 친구가 생각하기를 '상대방이 나를 위해 아무것도 결정하지 않는다면 나는 좋을까?' 라고 고민하면 내가 만족할까. 만족의 여부를 떠나서 그것은 그에게 존재하지 않는 세상이다. 그 배려가 나의 성향에 맞춘 것일 수도 있기 때문이다. 우리는 모든 상황을 간단하게 생각하지만, 누군가의 세상에서는 그 반대의 개념은 존재하지도 상상조차도 할 수 없는 일이기도 하다. 나 역시 누군가와 대화를 하다 보면 '아, 그럴 수도 있구나. 나는 미처 생각도 못 해봤어.' 하고 깨닫는 일이 많이 있다.

어릴 때 엄마는 나에게 밥을 억지로 먹으라고 했다. 나는 속이 안 좋아 못 먹겠다고 했는데도 엄마는 나를 위해서 먹으라고 한 것이겠지만 억지로 밥을 먹게 하여 꾸역꾸역 먹다가 토한 적이 한두 번이 아니다. 상대방이 거절했을 때 인심이라는 이유로 자꾸 권하는 것도 꽤 심각한 피해가 될 수 있겠다 생각한다. 그러한 이유로 나는 상대방이 한 번 이상 거절하면 다시 권하지 않는다. 지금이 조선 시대도 아니고 먹고 싶으면 먹고, 갖고 싶으면 갖고, 하고 싶으면 하는 것 아닌가. 상대방의 권유와는 상관없이 주체적으로 움직이는 것이 조선 시대 보다 현시대에 더 가까운 행동 아니냔 말이다. 아직도 누군가가 배려해주고 권해줄 때까지 기다리는 시대는 지나간 듯한데. 나도 쓸데없는 혹은 오버스럽게 한 발짝 더 나아가 남이 이해하지 못하는 배려에 신경을 쓸 때가 많다. 조금 우습지만 같이 모여 음식을 먹을 때 음식이 한 조각이 남으면 누가 먹을지 눈치를 보며 서로 젓가락을 내려놓고 결국에는 한 조각의 음식을 버리고 나갈 때가 많다. 나는 그럼 그것을 그냥 먹는다. 또 연극이나 영화를 보러 가면 뒷사람이 내 머리 때문에 무대나 스크린이 안 보일까 봐 끝날 때까지 머리를 움직이지 않는다. 아무도 모르는 나만의 배려인 것이다.

지나친 배려도 문제지만 고상한 척 배려의 탈을 쓴 이기심은 더욱 티가 나 그냥 대놓고 부렸을 이기심보다도 더 심한 반감을 사게 함을 종종 느끼게 된다. 병원에서 일할 때 수선생님의 경우인데 밥값을 아낀다는 핑계로 휴게실에서 식사 때마다 같이 일하는 요양보호사 여사님들에게 밥을 하게 하고 반찬을 싸오게 했다. 밥을 차려놓으면 우아하게 와서 먹고 숟가락만 딱 놓고 나간다. 그러면 나머지 여사님들이 설거지까지 하는 것이다. 2천 원 내고 구내식당에서 밥을 사 먹으면 될 것을 집 안팎으로 일하느라 힘든 사람에게 집에서도 하기 싫은 설거지를 시키다니 당최 누구를 위한 점심인가. 가끔 병원에서 야식으로 먹으라고 나오는 컵라면도 집에 몰래 가져갔다가 유통기한이 지나면 다시 슬며시 가져와 우리들에게 인심 쓰는 척 먹으라고 내민다. 모두들 그런 행동을 알고 있었지만 모른 척, 속아주는 척했다. 쉬어 터져 도저히 먹을 수 없는 김치가 휴게실 냉장고에 처박혀 있었는데 버리기는 아까웠는지 나에게 집에 가져가서 김치찌개를 끓여 먹으라고 했다. 원룸에서 자취를 하는 나는 요리를 전혀 하지 않는다. 괜찮다고 나는 집에서 요리를 하지 않는다고 몇 번이나 거절했는데도 불구하고 퇴근하려고 하는 내 앞에서 기어코 김치를 싸서 보내려고 하는 것이다. 수선생님께 나는 '안 먹는다고요!' 소리를 지르고 말았다. 왜 숨겨진 본심을 남들은 눈치채지 못할 거라고 생각하는 걸까. 자신이 속이려고 들면 다 속을 거라고, 배려하는 척하면 다들 감쪽같이 속아서는 고마워할 거라고 그래서 내가 그들 앞에서 멋진 사람으로 보일 거라고 진심으로 믿는 걸까. 그 어수룩하게 포장한 비열한 행동에 자기 자신만 속고 있는 꼴이란. 한 가지 관념에 의한 편법들 그리고 수없이 파생되는 사건들을 생각하면 우리는 얼마나 정신적으로 복잡한 세상 속에서 살고 있나 생각하게 된다. 누군가가 그랬다. 다른 사람이 나보다 무조건 똑똑하다고 생각해야 한다고. 일상 속 위대한 철학자에 의한 가르침으로 마음에 하나 더 보초를 세운다.

제3장
여자가 쓰는 글

사랑, 결혼 그리고 여자

어릴 때 나는 남자에게 이겨야 직성이 풀리곤 했던 것 같다. 남자친구를 사귀어도 전적으로 그 사람을 위해 행동하는 게 아니라 내 경쟁상대로 생각했다. 그래서 뭐든 남자친구 보다 잘해야지 안 그러면 속으로 심통이 났다. 동갑이나 1~2살 차이는 만나도 몇 달 못 만나고 싸우다가 헤어지거나 아예 연애를 시작도 못하곤 했다. 그래서 내가 만난 남자들은 대부분 나이 차이가 열 살 가까이 나는 사람들이었다. 이십 대 초반 때 구급대원으로 일하는 사람을 만나게 됐는데 그렇게 멋있을 수가 없었다. 사실 지금은 얼굴도 말투도 잘 기억이 나지 않지만 부드러운 인상과 다정한 성격이 너무 좋았다. 그는 가수 김동〇을 좋아했는데 나에게 자신이 좋아하는 김동〇 노래를 선물해주기도 했다. 그래서 아직도 김동〇 노래를 들으면 그가 생각이 난다. 회상하기를 외롭고 힘든 시기를 그 사람 덕분에 잘 견뎌낼 수 있었던 것 같다. 2년을 만났다. 내가 대학을 졸업할 때까지 그는 외로운 나에게 큰 힘이 되어주었다. 그는 나에게 자기가 결혼하게 된 진부한 사연에 대해 들려주었고 결혼 생활을 남들 보기엔 충실히 행복하게 하고 있지만 사실을 그렇지 않다는 것도 알게 되었다. 2년 정도 흘러 나는 마음이 무덤덤 식어갈 때쯤 그는 나에게 자신의 결혼 생활을 그만두고 싶다는 속마음과 함께 우리의 미래에 대한 이야기를 꺼냈다. 순간 나는 겁이 났다. 나와 함께 한다는 것은 그가 아닌 누구라도 그들에게는 재앙이 될 것이 뻔했다. 내가 뭔가 누군가의 인생을 망치는 큰 잘못을 하고 있다는 생각이 들었고 그렇게 우리는 헤어졌다.

그리고 직장에서 두 번째 나이 차이가 많이 나는 남자를 만났다. 그 사람은 나이가 마흔쯤 되었는데 부부 사이에 아기가 아직 없었다. 이야기를 들어보니 그는 아기를 무척 좋아하는 듯했지만 자유롭게 지내는 아내가 원치 않는 것 같은 눈치였다. 나는 나의 한순간의 지나갈 감정과 충동적인 결정과 내 순수하지 못함에 대해 알고 있다. 하지만 지금 생각해도 그는 꽤 따뜻한 사람이었다. 언제나 나에게 져주고 먼저 사과해주고 편안하고 좋은 사람이었다. 그도 2년을 넘게 만나고 헤어졌다.

그리고 세 번째로 만난 사람은 경찰이었다. 8살 차이가 났는데 키도 작고 까무잡잡한 데다 소심했지만 너무 귀여워 내가 반했다. 왠지 이 남자한테 다시 연락이 올 것만 같았는데 정말 그렇게 됐다. 그 사람은 적극적인 듯 나에게 먼저 만나자고 해놓고선 어색해서 말도 잘 못했다. 게다가 술도 맥주 몇 모금 마시면 취했는데 취하면 또 말이 많아지는 것이었다. 경찰이 되기 전 도서관에서 공무원 시험 준비를 하며 책을 한 바퀴 돌리고 문제를 풀었는데 하나도 모르겠더란다. 그래서 도서관에 앉아 울었다고 한다. 우리 집에 놀러 오면 내가 키우는 햄스터를 무서워했다. 나는 햄스터가 갇혀 있는 것이 불쌍해 풀어놓고 키웠는데 자기가 어릴 때 방안에 쥐가 들어온 적이 있어서 아직도 쥐를 보면 놀란다고 가둬놓으라며 도망 다녔다. 자기는 누나 넷에 막내아들로 태어나 온실 속의 화초처럼 공부만 하며 살았다고 한다. 그래서 내 어릴 때 얘기를 해주면 신기해하고 나를 강하고 대단한 사람처럼 보았다. 그 사람이 하는 일에 대해 듣는 것도 너무 재미있었다. 그는 형사였는데 범인은 어떤 식으로 잡는지, 잡은 후에 절차는 어떻게 되는지 그리고 여러 가지 돌아가는 이야기도 들려주었다. 내가 그 사람에게 너무 멋있다고 잘생겼다고 하면 믿기지가 않는지 하루 종일 어디가 멋있냐고 나에게 물어보았다. 그런 순수한 모습이 너무 좋았다. 야구를 좋아해 하루 종일 스포츠 뉴스만 보고 싶다고 하는 운동을 좋아하는 사람이어서 밤에 같이 배드민턴도 치고 등산도 다니던 기억이 많이 난다.

　마지막으로 만난 사람도 배울 게 많은 사람이었으며 편안하고 재미있고 든든하며 좋은 사람이었다. 처음 이런 식의 만남이 생겼을 때는 '살다 보니 이런 일도 다 있네?' 했고 두 번째에는 '어떻게 이런 일이 두 번씩이나?' 했다. 그러나 세 번째까지 이어졌을 땐 '나에게 뭔가 문제가 있구나.' 하고 깨달았다. 어떤 잘못이 반복된다는 것은 분명히 내가 깨닫지 못하는 이유가 있어서 일 것이다. 문제는 그 문제가 뭔지 모른다는 것이다. 어릴 때의 결핍? 나는 사실 그런 소리 듣기 싫고 인정하고 싶지도 않다. 그래서 이유는 모르는 거로 한다.

　이밖에도 모든 만남은 매몰된 자아와 어떤 결핍을 바탕으로 이루어지는 걸까. 내가 그랬던 것처럼 그들도 그렇다는 걸 깨닫고 내심 놀랐다. 그래서일까 나는 나로 인해 상처받을 사람보다 스스로에게 죄책감이 더 컸다. 왜 나는 이런 일을 반복할까, 왜 내 것이 아닌 것에 잠시 머물러 있는 것에 만족할까, 무엇보다 나는 왜 정상적이지 못할까. 그런 식으로 한껏 주눅 든 자아를 더욱 극대화하려고 한 건 아닐까. 그러면서도 누군가와의 만남의 끝에서 느끼는 슬픔보다 온 마음을 쏟아 빠져들었던 드라마 하나 끝났을 때가 더 슬픈 것은 사람과의 상호작용보다 드라마와의 관계가 더 깊었던 것일까. 좋아하던 드라마가 끝나면 세상에 혼자 남겨진 듯하였다. 종방 후 외로움과 그리움이 깊어 한동안 기운 없이 꽤 힘들어했다. 몇 달 몇 년을 만나던 사람과 헤어져도 이렇지는 않은데 말이다.

　나는 남들이 말하는 밀당이나 어장관리 같은 것은 전혀 못한다. 좋으면 좋다고, 보고 싶으면 보고 싶다고 이야기 한다. 그리고 조금 나에게 마음을 열면 내가 이상한 사람이라 생각하고 싫어할까 봐 금세 불안해하고 상대방이 나에 대해 실망할까 두려워한다. 나는 사실 마음속에 담아두고 있는 것들을 말하고 어떻게든 표현해야만 하는데 일방적인 소통 때문에 사이가 틀어진 적이 많았다. 내가 혹시 뭘 잘못했는지, 혹시 내가 연락하는 게 싫은지, 내가 불편하게 만드는지, 마음을 솔직하게 이야기하고 물어보고 표현하고 싶어 하는데 이게 상대방에게는 오히려 불편한 무언가가 되어 나에게서 도망치게 하는 이유가 된 것 같다. 그리고 싶지 않지만 혼자 답답해하며 끙끙 앓는 건 더 싫어 표현하고 나서 더 끙끙 앓는다. 나 같은 사람을 사랑하려면 많은 인내가 필요할 것 같다. 나를 스쳐 간 사람들에게 미안함을 전하고 싶다.
　결혼은 나를 학대하는 일이 될 것만 같다. 아무리 사랑하는 사람과 함께 산다고 해도 나에게 결혼이란 마치 단체생활처럼 느껴진다. 우선 누군가가 항상 옆에 있다는 것이 갑갑하고 두 번째로는 내 움직임이 시끄러울까 신경 쓰일까 남의 집에 오면 쉬어도 쉬는 게 아닌 것처럼 끊임없이 눈치 보고 불안해 할 것이다. 또 자아를 방해하는 굴레에서 나는 더욱 결함 있는 인간이 되어갈 것이다. 상대방이 원하는 평범한 삶을 따라가 주지 못하면 어쩌나. 해도 후회, 안 해도 후회라면 하고 후회하라는 어른들의 말이 결혼에서만큼은 적용이 안 된다.

받지 않아도 될 상처를 받는 것 같다. 마음이 식어가는 상대방을 바라보는 기분은 어떨까. 나 역시 결혼은 나에게 어울리지 않아 하며 스스로에게 상처받는 기분이란. 나는 아니다 싶으면 모든 걸 버리고 훌훌 떠나는데 미련이 없어서 또 그렇게 울타리라는 명목조차 우습게 알고 발로 뻥 차든, 밑으로 기어서 가든, 멋지게 펄쩍 뛰어넘든 우리나라에서 그래야만 한다는 결혼의 모습을 상대방의 기대만큼 채워주지 못할 듯싶은데.

마지 못한 위로

지하철을 타고 강남으로 가던 중 자리가 없어 나란히 앉아있는 다른 승객들 앞에 서 있었는데 내 앞에 앉아있던 십 대 중반으로 보이는 지적장애를 가진 남자아이가 옆에 앉아있는 다른 승객들의 핸드폰을 마구 만지며 방해하고 괴롭히고 있었다. 오른쪽에 앉은 아저씨가 게임을 하고 있으면 핸드폰 화면을 만져서 망쳐놓고 왼쪽에 앉은 아가씨가 메시지를 보고 있으니 그것도 마구 건들고 하여 그로 인해 옆 사람들이 불쾌해하다가 다른 자리로 피해버렸다. 왼쪽 옆의 젊은 여자는 무슨 괴물이라도 본 듯 기겁을 하며 도망갔다. 그리하여 그 양옆 빈자리에는 아무도 앉지 않았다. 나는 그 아이 옆에 자리를 잡았다. 병원에서 일한 시간들로 인해 그런 사람들을 가까이서 보고 대하는 것이 나로서는 그리 불편하고 어색한 일이 아니었고 병원에서도 그런 친구들과 잘 놀아주곤 했었다. 그 아이는 옆에서 내 찢어진 청바지에 관심을 보이며 구멍 난 곳을 손으로 가리는 시늉을 했다. 많이 찢어진 곳은 주먹이라도 들어갈 듯 보였는지 자신의 주먹을 대보기도 하고 이어 붙이려고도 했다. 찢어진 청바지라고 알려주니 어린 아이같이 천진난만하게 그보다 더할 수 없을 정도로 순수한 미소를 지으며 나를 바라보았다. 자신의 손으로 찢어진 곳을 덮는데 따듯한 온기가 지켜주고 싶을 만큼 너무나 연약하게 느껴졌다. 분명 그의 엄마는 그런 미소를 보며 행복할 것이다. 그 지하철에 있는 사람들 중 가장 폐쇄되어 있지 않은 유일한 사람이지 않을까. 거추장스러운 가식과 편견을 가장 가지고 있지 않은 사람임이 분명할 것이다. 산소 부족의 갑갑함과 멍 때림을 유발하는 이 도시에서 예상치 않게 세상에서 가장 귀엽고 해맑은 미소를 보게 되어 오늘 하루의 완충재를 얻은 기분이었다. 오늘 하루만큼은 어디 부딪쳐도 아프지 않을! 무언가 착취당하던 것을 돌려받은 느낌이었다. 아수라장인 세상에서 주눅 들지 않는 순수. 그 아이는 역삼역에 도착하자 세 자리 건너 앉아있던 다운증후군 친구에게 '진ㅇ야, 가자' 하더니 손을 잡고는 인사도 하지 않고 훌훌 떠나버렸다.

또다시 홀로 남은 나는 사랑에 대해 숙고한다. 안으로 돌돌 말려버린 어떤 자아의 장애로 인해 남들처럼 평범하고 번드르르한 사람에게는 견제하여 도무지 평범한 사랑을 나눌 만큼 마음이 녹아버리거나 풀려버리는 경험을 스스로 허락하지 못하는 것인지, 나에게 좋은 마음을 갖고 다가오는 사람들에게 왜 아무 계산이나 경계 없이 나를 보여주지 못하고 웃어주지 못하는 것인지 그 심각한 정서적 속박이 나로서도 몹시 난감하다. 생각해보면 중환자실에서 아무 데도 의지할 곳 없이 이 순간 나만 바라보고 있는 환자들에게만큼 순수하게 사랑을 쏟아붓거나 감정을 표현한 적이 있었나 싶다. 마지못해 수긍하여 받아드린 사람들이란 모두 능숙한 절름발이뿐. 또다시 피해자 가해자 관계 놀이가 시작된다. 그 누구도 피해자였으며 또한 가해자였다. 그리하여 우리는 더욱 아픈 척 할 수 있었고 더욱 빨리 극복한 척 할 수 있었다. 더욱 편리하게 욕할 수 있었으며 죄책감을 덜 수 있었다. 아무것이나 내 입맛에 맞는 것을 고르면 되는 것이다. 행복하냐고? 그럴 리가. 당신이라면 행복하겠냐.

생각하면 이루어진다는 마치 마법과도 같은 과장된 듯하고 아름다운 말이 나에게는 공포로 느껴질 만큼이나 끔찍하다. 생각은 그냥 단순한 머릿속의 생각이 아니라 정말 눈앞의 현실처럼 생생하게 느껴질 때가 있고, 내가 생각하지 않으려 애써 진저리치며 거부해도 자꾸만 저절로 머릿속에 떠오르는 그런 것들이 있는데 그런 생생하고 내가 통제할 수 없는 것들은 어떤 원리에서인지는 모르겠지만 현실로 이루어진 것들이 많기도 하다. 대단한 사건이 아니라 일상에서 사소하게 선택되어 지는 것들 말이다.

특히나 내가 두려워하는 것은 지금 떠오르는 내 미래의 모습이 그리 행복하지가 않다는 것이다. 가끔은 내가 죽을 날이 얼마 남지 않은 느낌이 들기도 한다. 억지로라도 좋은 생각을 하려고 애써보지만 생각과 느낌은 다른 것이다. 그래서 일부러 더욱 자극적으로 다가올 수 있는 화려한 것들만 상상한다.

펜트하우스, 로봇청소기, 외투 넣어놓는 기계, 홈시어터, 멋진 회사, 정장, 하이힐, 와인바, 여행……

그와 더불어 상상 속의 나는 유머러스하고 당당하며 성숙한 인격마저 갖추고 있다.

온갖 좋은 상상을 하지만 억지로도 되지 않는 게 있는데 남들처럼 자상하고 멋진 남편과 토끼 같은 아이를 낳고 오순도순 행복하게 살아가는 상상이다.

텔레비전에서 연예인 부부가 아기를 키우는 모습이 나오는 프로그램을 보았다. 내가 좋아했던 연예인이 전혀 변하지 않은 예쁜 얼굴을 하고 그보다 더 자상할 수 없을 것 같은 남편과 귀여운 아이를 거느리고 텔레비전에 자랑스럽게 출연했다. 가수와 팬의 입장으로 같은 한 시대를 열광했던 그 추억의 인물이 그때보다 더욱 빛나는 현실에서 살아가는 모습을 보니 새삼스러웠다. 질투가 날 정도로 행복해 보였지만 아무리 애써도 그것은 도무지 내 것 같지가 않다. 나에게는 자연스러운 미래로 느껴지지가 않는단 말이다. 앞으로 나도 겪을 수 있는 내 것의 현실이 될 수 있다는 희망은 끝끝내 나를 설득시키지 못한다.

내 가상 스크린 속에서는 어떤 화려한 부귀영화를 가졌더라도 나를 매몰시키는 고독과 무의미란 감정이 당연한 내 자리인 양 두껍게 깔려있다. 그들은 여기 말고는 갈 곳이 없는 듯 전혀 나에게 자비를 베풀지 못한다. 인간에게는 내 것과 내 것이 아닌 것이 정해져 있는 건가 싶었다. 분명 그것은 내가 노력으로 이루지 못할 것이 아닌데도 재벌가에 시집을 가는 것처럼 불가능한 현실로 느껴지기만 한다. 그 상상에는 행복이란 감정이 도무지 바탕이 되어 자리 잡지 않는다. 먹어보지 못해 맛을 모르는 그런 것에 비교할 수 있을지 모르겠지만 그렇게 가벼운 차원의 것이 아니다. 상상이 이뤄진다는 나의 조건도 그것이 생생하게 느껴져야 이뤄지는데 불행한 상상은 생생하고, 행복한 상상은 그저 상상에 불과하니 절망하지 않을 수가 없다. 생각할 것을 생각하는 것만으로도 고단한 삶이다. 왜 나는 이리도 스스로를 쥐어뜯고 못살게 구는가. 행복에 관한 나의 꿈과 상상은 편협하고 제한되어있다. 나오려고 몸부림치고 팔다리를 미친 듯이 휘저어도 자꾸만 푹푹 빠지고 빨려 들어가는 무의식이란 이름의 모래 함정 같다. 미래는 분명 현재의 노력에 대한 대가이지 상상의 소산물은 아닐 것인데. 뱅뱅 돌아가는 원판에 어디에 꽂힐지 모르는 화살을 던지듯 스쳐 지나가는 미래의 모습에 가슴 졸이며 도박을 거는 꼴이다.

각각의 다른 나를 견뎌내고 말을 걸고 이해하며 그 모든 과정을 거쳐 진실한 덩어리 하나를 얻어내기란 그들이 너무나 단호하여 껍데기를 뚫기에 맨손이 너무 아팠다. 언제나 그들은 어떤 위험을 알기라도 한 듯 그 자리에서 한 치도 벗어나지 않으려 했다. 믿고 싶은 것만 믿으려 하며 그 믿음을 절대 깨지 않기 위해 잔뜩 나를 경계했다. 침묵, 살기가 느껴질 정도였다. 과거란 그런 것이다. 과거를 왜곡할 수 있는 것도, 인정함을 결정하는 것도 나뿐이었다. 내 결정으로 인해 환상 속의 모습이 무너지거나 동상처럼 더욱 거만해지거나 하며 결정되었다. 비참하다. 인간의 비굴한 노력을 칭찬하기도 탓하기도 애매하여 마지못해 위로해 주었다.

늦은 밤 겨우 잠에 들었는데 이상한 소리에 시끄러워 잠에서 깼다. 차라리 아침이면 좋았을 것을 시계를 보니 2시 반이다. 침대 밑에서 처음 들어보는 수상한 소리가 난다. 큰 생쥐가 땅을 파고 싶어 장판을 긁는 듯한 혹은 개가 긁는 듯한. 우리 햄스터가 또 탈출했나 싶어 들여다보니 자기 집에서 혼자 쳇바퀴를 돌리며 이 밤을 실컷 즐기고 있다. 침대 밑 소리는 멈춘듯하다가 또 무분별하게 시작되고 원인도 이유도 모르는 소리에 어떤 존재일지 온갖 추측을 하며 다시 선잠이 들었다. 출근을 해 곰곰이 생각해보니 혹시 귀신은 아닌가 소름이 끼쳤다. 그러다가 내가 환청을 들은 걸까도 싶다. 현실과 환상이 뚜렷한 경계가 없이 탁하고 조잡하게 뒤섞여 혼란스러운 시간을 보내고 나면 이게 진짜인지 가짜인지 내가 느끼는 감각조차도 의심스럽다. 다음날 밤은 왠지 무서워 불을 켜놓고 잠을 잤다. 다행히 아무 소리도 들리지 않았다. 원인을 밝히고자 두려움을 무릅쓰지 않아도 된다는 안도감 느낄 뻔했으나 그다음 날은 또 그 다음 날은? 죽기 전까지 해결되지 않는 고통이 있듯 이 집을 떠나기 전까지는 끝나지 않을 무한한 의혹과 고통의 굴레가 될 것을 이미 예상한다. 나는 태연해지고자 한다.

퇴색해가는 것 위에 쌓이는 것

강릉에 살고 있는 대학 친구 집에 놀러가 강릉 구경도 하고 경포대에 피서를 즐긴 적이 있다. 낮에 수영을 하며 놀다가 저녁에 다시 나와 해변을 걸으며 어린 애들이 한껏 꾸미고 돌아다니는 모습을 구경했다. 어떤 어린 남자애는 누가 시켰는지 쭈뼛쭈뼛 우리에게 다가와 같이 술을 마시자고 하기도 했다. 친구와 밤바다를 보며 벤치에 앉아 이야기를 나누는데 우리보다 조금 나이가 많아 보이는 인상도 그다지 양아치 같아 보이지 않는 남자 둘이 같이 술 한잔 해도 괜찮겠냐고 하며 다가왔다. 우리는 같이 벤치에 앉아 마시던 맥주를 마저 마시고는 해변가에 있는 식당에 들어갔다. 그 오빠들은 수원이었나 서울 가까운 어딘가에 산다고 했고 학원인가 과외인가 선생님을 한다고 했다. 착하고 예의 있는 모습과 사회에서 성실하고 당당하게 살고 있는 모습이 보기 좋은 사람들이었다. 아침까지 식당에서 술을 마시며 이야기하고 헤어졌다. 문득 이제 내가 어리지 않고 내 일이 있고 돈을 벌고 있음이 뿌듯하고 자랑스러웠다. 더 이상 어린 시절의 로맨스를 그리워하지 않는 내 나이가 좋았다. 어리고 돈이 없었다면 바닷가 모래사장에서 돗자리를 깔고 제일 싼 맥주를 사다가 마셨을 것이고, 식당에 들어갔더라면 가장 싼 식당에 들어가 가장 싼 음식을 시켜 먹었을 것이다. 그땐 그게 낭만이고 젊음이라고 생각했을 것인데 이제 더 이상 그런 것 따위는 그립지도 부럽지도 않았다. 누구의 눈치도 안보도 걱정도 없이 마음에 드는 식당에 들어가 먹고 싶은 걸 마음껏 먹을 수 있는 지금이 문득 너무 행복하게 느껴졌다. 더군다나 잠깐 만나고 헤어져도 즐거운 사람들과 즐거운 이야기를 나눌 수 있음에 감사했다. 대부분의 일들을 익숙하고 당당하게 대처할 수 있고, 누군가 만만하게 볼 수 없는 나이임이 뿌듯했다. 내가 이십 대 초 중반이었다면 그렇지 못했을 것이다. 누군가를 만나도 위험하고 여유롭지 못한 대화를 나눴을 것이고 나를 대하는 그들도 그랬을 것이다. 존중하며 존중받는 것도 익히고 배워야 함을 어릴 때는 몰랐다. 변했다고도 퇴색했다고도 어른이 됐다고도 표현할 수 없는 것들이 있다. 성장이라고 하기에도, 성숙이라고도 하기에도 애매하다. 솔직해지자면 낭만이라는 이름으로 포장한 궁상이 아닌 이런 여유로움이 좋았다. 이걸 과연 그 누가 속물이라고 하는 걸까.

카페에서 커피를 마시며 친한 언니에게 엄마가 사준 벤츠를 몰고 다니는 남자의 이야기를 들었다. 자기를 따라다니는 여자들에 취해 그것이 자신이 가진 진실한 가치인 양 착각하고 있는 듯했다. 허세 부릴 것이 아무것도 없어지면 그들에게는 뭐가 남을까. 나보다 더 불쌍한 사람들이라는 생각이 든다. 내가 유일하게 우월감을 느끼는 사람이 있다면 거지도 병자도 아닌 그런 종류의 사람들에게서 일 것이다. 그들이 하는 일이란 허세의 구역에서 어슬렁거리며 물려받은 돈을 펑펑 써재끼며 자아를 망집 시키는 것뿐. 최악의 타락이다. 그런 식으로 자신 내면에 있는 어떤 가치를 증명해 보이려고 하는 것일까. 그들 앞에서는 내 정신적인 결핍을 부끄러워하지 않고 미친 듯이 마구 더러운 욕설을 내뱉으며 같이 쓰레기가 될 수 있음은 편리하다. 양심이 있다면 깨끗한 곳에는 차마 쓰레기를 버리지 못하는 법이다. 더러운 길이라면 나도 죄책감 없이 쓰레기를 버릴 수 있다. 내가 그들의 면전에 대고 욕을 하더라도 그들이기 때문에 부끄럽지 않다. 그들은 바닥보다 더럽기 때문에 더러운 바닥을 신경 쓰지 않는다. 나도 그다지 고상한 스타일은 아닌가 보다.

벌써 나는 이렇게 무덤덤해지는 건가 믿을 수 없을 만큼이나 일상이 지루하고 피곤하여 견딜 수 없을 때가 있다. 사랑, 모험, 공포에까지 이르러 나는 자주 나태함과 지겨움을 느낀다. 이보다 더 좋은 사람을 만날 수 없을 것 같아도 또 다른 사람이 다가올 것을 알고 이렇게 멋진 풍경도 머지않아 내 감정 속에서는 퇴색될 거란 것을 알면서도 한편으로는 미칠 듯한 열정을 쏟아붓고 싶은 어떠한 강렬함을 욕망한다. 어릴 땐 지금보다 더욱 생의 모든 것들이 예민하게 다가왔다. 대단하지도 않은 것들이 죽을 만큼 슬프고 죽을 수 있을 만큼 기뻤다. 아름답고 슬픈 모든 것들은 내가 살아있는 증거인 양 특별하게만 느껴졌다. 어디든 뛰어가고 누구든 사랑하고 마음먹은 것은 뭐든지 할 수 있고 상처받아도 금방 아물고 넘어져도 툭툭 털고 금방 일어날 것 같았다. 곰돌이 인형을 가지고 놀던 시기가 지나듯 그런 시기가 지나가고 미숙한 삶에의 도취는 견제할 틈도 없이 이미 나에게서 저만큼 멀어졌다. 나는 더욱 고독해졌지만 꽤 잔잔해졌고 아둔해졌다. 욕심을 절제했다. 이미 내 손을 떠난 것은 처음부터 없었던 것이라고 생각할 줄도 알게 되었다.

예전에 근무하던 병원에서 로비에 조화와 인조나무로 꾸며놓은 공간이 있었는데 그 주위가 물이 흥건하였다. 무슨 일인가 싶어 알아보니 청소하시는 아주머니께서 눈이 나빠 가짜인 줄 모르고 청소하면서 겸사겸사 나무에 물을 주었단다. 눈도 안 좋으신데 고생하시는 청소 여사님이 안타까우면서도 그 행동이 귀여워 웃음이 나왔다. 우리가 신경 안 쓰고 차마 눈치채지 못하는 부분에서 마음을 다해 작은 빈 공간을 채워주시는 분들이 많구나 싶어 새삼 감사했다. 다른 한편으로 우리는 가짜나무를 진짜로 착각하듯이 본질을 모르고 헤매지는 않았나, 사치스럽고 교묘하게 위장한 것들을 쫓아가진 않았나 생각이 든다. 최선을 다했는데 그게 진실이 아니었다면 나는 그 배신감에 무너질지도 모른다. 인생이란 살아있는 것만으로도 가치 있다고 그것만으로도 이긴 거라고 배웠는데 살아보니 그게 아니면 어쩌나. 나는 그저 쓸모없이 밥만 축내는 인간이었음을 죽음을 목전에 앞두고 깨달아 쓸쓸히 돌아서야만 한다면 어쩌나. 짓다만 집처럼 완성하지 못했더라도 삶의 본질을 찾기 위해 노력이나마 했다면 변명의 여지야 있겠지마는.

슬그머니 머물던 아픔이라도 평온할 때는 그마저도 견디기 힘든 법이다. 별거 아닌 말에도 나를 비꼬고 공격하고 부정하는 것인가 의심하게 된다. 눅눅한 자국까지 남기며 번져나가듯 정신이 피폐해진다. 마치 어설픈 폭발물같이 언제 터질지 몰라 조마조마하다. 이제 더 이상 만나서 맘 편히 즐거운 이야기도 주고받지 못하는데 다시 회복할 수 있을까도 그렇고 사랑이란 명목하에 이 관계를 지속하고 있는 것이 맞는 일인지도 의문이 든다. 밝고 설렘에 가득 차 얼른 찾아가 나의 이야기를 나누고픈 마음보다는 또 서로의 한마디에 화를 내고 서운해 질까 봐 조심스럽고 두려워 말을 아끼고 숨긴다.

언제부터 이렇게 된 걸까. 갑자기 어느 한순간에 변한 것은 아닐 것이다. 분명 무슨 이유가 있고 쌓인 감정이 있을 터인데 그것을 혼자 찾는다고 일이 해결되느냐는 말이다. 사랑한다고 말할 수 있을까. 사랑받는다고 믿을 수 있을까. 어떤 증거로? 아무 증거도 없이 사랑이라 우기는 그런 언어와 감정에 대해 확신이 필요한 일일까. 그러니까 그렇다고 믿어라 강요한다면 독재자와 다를 바 없다. 그는 왜 내가 자신의 곁에 머물기를 바라는 걸까. 누구를 위한 환상인가. 비난과 귀찮음으로 변질하여 가는 관계를 나는 원하지 않는다. 또 나에게 모든 변명과 핑계를 미루겠지. 네가 원하니까 그런 것처럼, 너를 위해 그런 것처럼, 자신은 아무 선택의 여지도 없는 것처럼. 네가 나의 쉼터가 되어 주었으면 했단다. 나는 당신에게 쉼터 그 이상의 존재는 될 수 있는가. 나는 지쳤고 이제 그만 당신을 더 즐겁게 해주는 다른 누군가를 찾아가길 바란다. 어떤 의미도 느껴지지 않는다. 당신이 보고 싶지 않은지도 꽤 오래되었다.

나중에 찢어 죽일 듯이 증오의 말을 남겨도 누군가와 행복한 시간을 만들기 위해 노력했던 시간은 실제 그게 좋은 추억이든 나쁜 추억이든 본질적으로 그리 다르지 않다고 본다. 인간이란 나이가 들수록 지난 추억을 끄집어내 더욱 찬란하게 포장하는 존재이며 사랑과는 불가분의 관계이기 때문이다. 힘들고 괴로웠음에도 불구하고 추억이란 실제 모습보다 더 아름답게 기억되듯이 나 또한 누군가에게 원래 내 모습보다 더욱 아름답게 기억될 것이다. 어느 장소에서 어느 계절에서 혹은 어느 나이에서 허공에 돌을 던지듯 무의미하게 나를 떠올릴 것이다. 사람들은 자신의 존재가 잊힐 것을 두려워한다. 하지만 제발 잊어달라고 소원할 만큼 어디서든 기억될 것이다. 모르는 사람의 사진 속에 우연히 찍혀 그 사진을 꺼내 볼 때마다 그 안에 내가 있는 것처럼 삶의 한 페이지를 도려내고 찢어내지 않는 한, 나를 둘러싸고 접촉한 모든 존재들이 허물어 사라지지 않는 한 나와 당신은 언제나 기억 속 그 자리에 있을 것이고 기억될 것이다. 아픈 추억이라고 하는 것보다 좋은 추억이라고 왜곡하는 것이 정신건강에도 좋음은 물론이다.

무언가에 압도되고 싶다. 사치스럽게 기뻐하고 놀라고 싶다. 새로이 적응해야 할 삶을 또 어떻게 지속해 나가야 하는 것일까. 폭격이라도 맞은 듯 이리저리 찢어져 있고 납덩이처럼 무거운 마음으로 이 삶을 어떻게 열렬히 사랑해야 할까. 현실처럼 느껴지지 않는다. 한적한 길가 빛바래고 벗겨진 낡은 벤치에 사람 대신 쌓여 있는 메마른 낙엽처럼 곧 날아갈 듯 혹은 부서질 듯 불안하고 모호하다. 그 어딘들 내가 있을 곳이겠는가.

　짠하고 나타났다 사라지는 것은 마술이다. 그 누구도 자신의 삶에서 마술처럼 짠하고 한순간에 벗어날 수도 없고, 치유될 수도 없음을 충분히 알고 있는 까닭에 그저 안고 가는 것뿐 아닌가. 과거는 퇴색해 가고 그 위에는 뽀얀 먼지가 두껍게 가라앉아있다. 이것은 곧 평화를 의미한다. 지금 아무도 나를 괴롭히고 있지 않음에 감사한다. 쾌쾌하고 음침하지만 바람이 불고 불안정했다면 먼지조차 쌓이지 못했을 것을. 먼지가 덮고 있어 그나마 따듯함을. 먼지를 털어내지 말아. 나는 춥다.

삶이 던져준 기준들

　태어나야 되기 때문에 태어났고 죽어야 하기 때문에 죽는 무엇 하나 내 의지로 할 수 있는 것이 없는데 이미 고착되어버린 무의식을 바꾸고 변화시키기란 얼마나 가능한 일일까? 이 사람 좋아하고 싶지 않고 저 사람을 좋아하고 싶은데 저 사람은 도무지 끌리지가 않는다. 이렇게 살고 싶지 않고 저렇게 살고 싶은데 저 삶은 도무지 나에게 행복을 줄 것 같지가 않다. 분명 내 의지지만 강요되어 있다. 내가 충분히 결정할 수 있는데도 불구하고 내 의사와는 다르게 돌아간다. 선택할 수밖에 없는 일을 선택하게끔 작동이 되고 있다. 나는 아직 아무것도 알 수 없고 모든 것과 격리되어 있다.

　어떻게 살아야 하는 걸까 인생이 너무도 길게만 느껴졌다. 특별하게 사는 것만이 멋진 삶은 분명 아닐 텐데. 죽을 때까지 불꽃처럼 단 한 번 타오르지도 못하고 이대로 미지근하게 인생이 끝날까 봐 스스로의 삶을 얼마나 안타까워하며 초조했었나. 어제와는 다른 삶을 살기 위해 한 발짝 내딛는 용기를 내지만 새로운 삶이란 쉽게 주어지지 않는다. 모험과 안정 사이에서 저울질하며 결국은 포기하고 마는 대부분의 사람들을 보며 우리가 진심으로 바라는 건 뭘까 생각해본다. 그건 대단한 것이 아니라 일상 속의 즐거움이 아닐까. 하루하루 견뎌내며 천천히 생을 완주해야 하는 목표를 가진 사람들에게 불필요한 모험 말고, 죄책감을 느끼지 않고도 안전하게 쾌감을 느낄 수 있는 방법이야 말로 이 삶에 안주해야만 하는 이들에게는 가장 수용하기 쉽고 합리적인 방법일 것이다. 우리 일상을 클로즈업시키며 내 행동 하나하나를 호기심과 깨어있는 의식으로 인식하는 것.

어른에게는 더 이상의 새로움도 꿈도 없기에 결혼이라는 것은 정상적인 수순을 밟으며 한편으로 도피하는 샛길이 아닐까 싶다. 하지만 평범한 사람에게 남아있는 새로운 경험 중에 그나마 가장 쉽고 당연하게 눈치 안 보고 할 수 있는 것이 결혼과 출산보다 더 큰 게 있나 몰라. 누군가를 목숨과도 바꿀 수 있을 정도로 사랑하고 그 사람이 어떤 판단을 하든 믿고 따르고 존경하며 함께 살아간다는 건 어떤 걸까. 늙으면 외로우니 결혼을 한단다. 외로움을 피하기 위해 이 모든 것을 감수하는 것이며 그들에게 배우자란 자신의 외로움을 피하는 수단인 것인가. 그럼 그 사람은 늙어서 외롭지 않기 위해 살아간다는 것인가. 마치 삶의 목표가 늙어서 외롭지 않게 사는 것인 듯 말한다. 어처구니가 없다. 그것만 충족되면 충분한가. 사람들은 그게 진정 최선의 길이라고 생각해서 하는 선택인지 궁금했다. 로미오와 줄리엣도 결혼하고 애를 낳고 긴 세월을 함께 지냈으면 평범한 사람들처럼 서로 지치고 지겨워지고 결혼을 후회했을지도 모른다. 그러나 겪어보지 못한 모든 이들에게는 크나큰 환상이 아닐는지.

병원에서 같이 일하던 아주 똑똑하고 존경하는 선생님이 있었는데 출산을 했다. 아기를 낳으니 어떠냐고 물었더니 좋다, 힘들다 같은 내가 예상한 대답이 아닌 내가 인간으로서 해야 할 일을 한 것 같아 마음이 후련하다는 이야기를 들었다. 마냥 행복하고 사랑스럽다가 아닌 인간으로서의 의무를 언급하다니 나는 놀라지 않을 수 없었다. 그 이야기를 들으니 비로소 나도 그렇게 살아봐야 하는 것 아닌가 하는 경종을 울리게 되었다. 숨어 있던 또 한 명의 작은 철학자에 의해서 나는 나의 삶을 찾고 있는 것이 아니라 실패가 두려워 회피했다는 걸 스스로에게 솔직히 인정하지 않을 수 없었다. 나에게 득이 없겠다, 상처만 남겠다 싶으면 뒤도 안 돌아보고 다 버리고 냅다 초도망도 잘 갔으면서 꼭 안 그런 척 하는 내가 우스웠다.

수술실에 있을 때 다리 절단 수술을 들어간 적이 있다. 원장님은 내가 처음 그 수술에 들어갈 때 무서워할 거라고 예상했는지 이 수술 해 본 적 있냐고 물으며 웃었다. 나는 아무렇지 않은 척 했지만 막상 잘린 다리를 들고는 어찌할 바를 몰라 허둥댔다. 생각보다 너무 무겁고 징그러웠다. 절단된 다리를 받으면 어떻게 하라고 미리 얘기를 해줬더라면 마음의 준비를 하고 있다가 정리해서 밖에 있는 선생님께 넘겨줬을 텐데 놀란 내 모습이 자존심 상해서 화가 났다. 원장님도 그런 내가 재미있었는지 수술이 다 끝날 때까지 나를 힐끔힐끔 쳐다보며 웃었다. 그 젊은 여자 환자는 수술 후 몸이 회복되고 물리치료를 시작했다. 하나밖에 없는 다리로 서서 천천히 운동을 하는데 오랫동안 마음의 준비를 해서일까 밝은 표정이 오래도록 가슴에 새겨져 잊히질 않았다. 아직도 가끔 그녀가 지금은 어떻게 지내고 있을지 궁금할 때가 있다. 그 사람은 이후로도 자신의 상황을 잘 극복하고 행복하게 지낼 거라고 믿는다. 누군가에게 뭘 해주고 돈을 기부하고 봉사활동을 한다고 따뜻해지는 것은 아닐 것이다. 그저 자신의 위치에서 최선을 다해 자기 자신을 사랑하고 극복하고 행복하게 사는 모습

만으로도 다른 사람에게 따스한 영향을 미칠 수 있다는 걸 알게 됐다. 그녀는
밝은 미소로 적막을 깨뜨리고 있었다. 만약 내가 살면서 힘든 상황에 닥친다면
그녀를 떠올릴 것이다. 어느 누구도 나를 사랑할 수 없을 것이라고는 생각해봤
지만 사랑하지 않을 수 없을 거라고 생각한 적은 단 한 번도 없었던 내 모습을
떠올리며 나도 아름다운 사람이 되고 싶었다.

인생은 자학이다

초등학교 고학년에서 중학생쯤 되는 아이들을 보게 되는 일이 종종 있다. 그 아이들은 너무 어리고 예쁘다. 그리고 나의 시절을 떠올리게 한다. 그러면 나는 또 상념에 잠긴다. 저 나이 때 나는 안 좋은 일을 겪으며 너무 불행하기만 했는데 그때 내가 저렇게 어렸었구나 하고……. 저렇게 어린 내가 고생하며 살았었구나, 그런 일을 겪기에는 너무 어린 나이었구나, 그런 일을 당하고 이겨낼 만큼 나는 큰 아이가 절대 아니었구나 깨닫는다. 그래서 내가 지금까지 벗어나지 못하고 있는 건가 생각하면 어린 시절의 내가 너무 불쌍하고 화가 나 한심하게도 스스로에 대한 연민이 밀려온다. 지금의 나는 아무렇지 않은데 그때의 내가 다른 사람인 것처럼 느껴지고 마음이 아픈 것이다. 지금 저 아이들에게 내가 겪은 일을 억지로 겪게 한다면 잔인한 일일 텐데 나는 그런 불행을 비켜가지 못하고 겪어야만 했는지 그때의 어린 내가 안쓰럽고 억울하기만 하다. 그

나이의 나와는 다르게 행복한 모습에 질투가 나기도 한다. 그래서 학생들을 보는 것이 나에겐 달갑지가 않다. 패스트푸드점이나 패밀리 레스토랑에서 가족들이랑 기름진 맛있는 음식을 돼지같이 먹고 있는 뚱뚱한 아이들을 보면 밉기까지 하다. 떠오르는 일이 하나 있다. 어느 날 아빠 친구가 자기 딸을 데리고 우리 집에 놀러왔다. 아빠 친구의 어린 딸이 배고프다고 해서 그 아저씨가 같이 먹으라고 피자를 시켜주었다. 나는 그런 걸 먹을 기회가 없었기 때문에 피자를 혼자 몇 조각을 먹었는지 모른다. 그러자 그 어린 딸은 나를 보면서 '저 언니, 돼진가 봐.'라고 말하는 것이었다. 아저씨도 한심하다는 듯 나에게 이런 거 안 먹어 봤냐고 한다. 나도 어렸지만 창피했다. 창피할 일도 아닌데 창피하게 만드는 그 사람에게도 화가 났다. 사실 그렇게 대단한 일도 아닌데 오래도록 기억에 남아있다.

어릴 때 아빠 친구나 어른들이 나를 보면 '엄마가 좋아, 아빠가 좋아?' 하고 물어보곤 했다. 시간이 지나고 시대가 바뀌어도 변하지 않는 아이들을 향한 어른들의 그런 유치한 질문에 나는 탄식했다. 애들한테 그런 질문을 끊임없이 해대는 어른들을 보며 왜 저럴까, 도대체 뭐가 궁금한 걸까 싶었다.

Y 선생님의 집에 놀러 갔다. 딸이 어린이집을 다니며 한창 재잘재잘 말을 잘하고 눈치가 밝아지는 시기였다. 엄마, 아빠 이야기를 한다. 나는 문득 그 아이에게 물어보았다. 엄마가 좋아 아빠가 좋아? 나의 어린 시절을 떠올리게끔 하는 Y 선생님의 결혼생활에 대한 이야기를 들으며 몇 년간 같이 마음고생을 하다 보니 그 선생님을 불행하게 만드는 그의 남편이 미웠다. 임신해 배 나온 자신의 아내를 함부로 대하거나 술 먹고 하는 행동이나 소리 지르는 것 등 안 좋은 모습을 내 앞에서까지 하니 안 보일 때는 오죽할까 싶었다. 그 사실을 아는지 모르는지 천진난만한 딸의 모습을 보고 있노라면 아빠의 진짜 모습을 조금

이라도 알까 궁금했다. 엄마와 아빠 사이에서 어떤 감정을 느끼고 있는지, 엄마에 대한 생각이 어떤지 아빠에 대한 생각은 어떤지 그 아이의 마음이 궁금해졌다. 내 독단적인 의문도 경솔한 것일 테고, 그 아이의 아빠도 자신의 더러운 습성이나 포악한 본성과는 별개로 어떤 아빠냐에 상관없이 자식에게는 필요한 사람이겠지만 이미 지저분하게 망가져버린 내 정신으로는 받아들이기가 힘들었나 보다. 남의 일로 치부하기엔 방관자가 될 수 있을 만큼 그녀의 아픔을 깊이 나눈 바였다. 여차하면 그 어리고 천사 같은 아이도 나와 같은 아픈 시기를 보내게 될 수도 있음을 느끼고 있었다. 아빠와 엄마의 갈등을 몰랐다면 묻지 않았을 질문이라 생각하니 나에게 그런 질문을 했던 옛날의 누군가도 뭔가를 느끼고 나에게 물어봤던 게 아닐까 싶었다. 어린 나에게 네 엄마가 어쩌고 하며 욕을 하던 아빠의 모습은 아직도 생생하다. 어른이라고 불릴 자격조차 없이 보이는 데서나 안 보이는데서나 그렇게 엄마와 내 욕을 하고 다니던 아빠를 떠올리면 지금도 울컥 짜증이 나고 지긋지긋하다. 죽음은 모든 잘못의 면죄부가 되지 않는다. 복수하지 못하고 죽은 게 아쉬울 뿐이다. 생각하지 않고 지내려고 노력한다. 잊을 수는 있지만, 용서는 안 된다.

나도 이미 자식을 낳고도 남을 만큼의 나이지만 숨기려 해도 넘쳐흘러 충분히 드러나는 어른들의 교활함과 경멸스런 습성을 느낄 때마다 속에서부터 구역질이 일어난다. 거무튀튀하게 응집된 그들의 내면은 오로지 너는 내 앞에 무릎 꿇어야 한다고 믿는 치명적인 오만과 나는 절대 손해 보지 않겠다는 이기심으로 가득 차 있고 그들의 행동에는 명분이고 뭐고 없다. 어둡고 추잡한 이 재앙 같은 세상에서 그들에게 논리는 더 이상 필요치 않다. 방법이 있을까. 그저 감싸 안는 것 말고는 무의미하다. 사실일지 모른다. 이 사람 보다 저 사람이 더 나쁜 사람일 수도 있다. 그런 말을 듣고 싶은 사람도 있을 것이다. 그래서 그게 그렇게 세상이 뒤집힐 만큼 놀라운 반전이란 말인가. 참 놀랍고 놀랍다.

이런 내가 학창시절 그 거친 사춘기 시절에 정상이었을 리가 없다. 진정 행복했을 리가 없다. 지금 이 순간에도 분명히 그런 힘든 시기를 겪고 있는 아이들이 많을 것이다. 지금의 나에게 그런 일이 닥친다면 이리저리 요리조리 해결방안을 찾아 그때보다 훨씬 덜 힘들게 넘겨내고 헤쳐 나갔을 텐데 그땐 무엇을 어떻게 해야 할지 아무것도 몰랐다. 그저 주위 사람들에게 어떻게든 내 상황을 알리고 벗어나려고 했지만 정작 실제적인 도움을 주는 사람은 아무도 없었다. 경찰도, 학교 선생님도, 교회 선생님도, 친구도 그저 나에게 줄 수 있는 건 이해하지 못하는 그들의 몸짓과 허공을 맴도는 되지도 않는 위로뿐이었다. 지금의 마음 같아서는 집에 들어가기 무서운 날에 동네 파출소에서 뻗대고 의자에 누워 하룻밤 잘 수도 있고, 쉼터 같은 곳을 내 발로 찾아갈 수도 있을 것이다. 학교폭력으로 안 좋은 선택을 하는 학생들을 보면 참 답답하고 안타까운 마음이 드는 것은 왕따를 당하면 학교를 전학 가면 되고 그것도 안 되면 자퇴해도 되는 거 아닌가. 사는 게 항상 똑같을 수 없기에 아프면 쉴 수도 있고 가끔은 결석하고 여행을 갈 수도 있는 건데 학교야말로 왜 그렇게 강박 같은 존재였는지. 지금이야 세상이 변해서 학교폭력, 가정폭력, 성폭력 무슨 폭력 해서 캠페인도 많이 하지만 불과 15년 전만 해도 그런 것조차 없던 시절이었다. 너무 화가 났었다. 나 역시 어릴 땐 그랬다. 세상에 복수하고 싶고 너희가 날 이렇게 만들었다고 내 망가진 모습을 보여주고 싶었다. 엄마든 신이든 누군가의 마음을 아프게 하고 싶었다. 남들이 다 보는 데서 죽을까, 그럼 나를 특별하게 기억할까 내가 얼마나 힘들었는지 알아줄까 가족들이 죄책감이라도 가질까 세상이 바뀌려는 시늉이라도 할까 내 죽음을 듣고 사람들은 어떻게 생각할까 궁금했다. 지금은 말을 꺼내기도 창피하지만, 그땐 정말 그랬다. 내가 이런 얘길 하는 것은 지금의 아이들도 분명히 이런 생각을 하고 있을 것을 알기 때문이다. 그들의 길목에 아무도 들어주고 잡아주는 사람이 없을 거라는 생각을 하면 안타까울 뿐이다.

나는 한동안 작은 단독주택의 2층 원룸에서 살았는데 내 방 앞에 고등학교를 다니는 여학생이 혼자 살고 있었다. 오며 가며 몇 번 인사를 했을 뿐이다. 집주인 할머니에게 들었더니 집안 사정도 뭔가 문제가 많고 친할머니가 가끔 와서 청소를 해주고 간다고 했다. 할머니하고 둘이 살지 왜 나와서 혼자 사느냐고 물었더니 공부하는 데 방해가 돼서 그런다고 하는데 사실인지는 아닌지는 알 바 아니지만 안쓰럽고 안 되어서 친하게 지내려고 몇 번 말을 걸어보았다. 하지만 옛날의 내 모습처럼 남들이 다가오는 게 불편한지 모기만 한 목소리로 짧게 대답만 하고는 긴 머리를 휘날리며 사라져 버릴 뿐이다. 옛날의 내 모습이 떠오른다. 그 아이는 항상 내 쓰레기봉투에 쓰레기를 버리는데 그냥 그러려니 한다. 친하게 지내면 힘든 얘기도 들어주고 내가 도와줄 수 있는 게 있다면 도와주고 그럴 텐데 내가 너무 감정이입을 해서 그런 건지 아무래도 오지랖인가 싶다.

사회악처럼 낙인찍힌 정말 심각하다 싶을 정도의 아이들이 있다. 문제는 아이들에게도 어느 정도의 책임이 있지만 대부분의 원인은 어른들에게 있음을 목격하곤 한다. 너무 지나친 사랑도, 너무 부족한 사랑도 엇나가게 만들지만, 그 순간에 바로 잡아주지 못하는 데서 더 큰 잘못이 발생하는 것을 보았다. 그런 아이들을 보면 대부분 그들의 행동이 잘못됐다고 진심으로 타이르고 가르쳐주는 사람이 없거나, 아무리 큰 잘못도 그냥 덮어두려고 하는 부모가 대다수이다. 부모란 그냥 배 아파 낳았다고 부모인 것이 아니라 입히고 먹이고 가르쳐야 부모일 텐데 말이다. 부모와 교사라는 위치는 하늘을 짊어진 듯한 책임감으로 살아가야 하는 게 아닐까.

아빠가 죽고 그동안 무서워서 가보지도 못한(만나면 죽인다고 협박을 심하게 해서) 어릴 때 살던 동네를 다시 찾아가 보았다. 20년이 다 되도록 여전히 변한 것 없이 조용하고 우중충한 시골 동네였다. 뭇 소설에서 읽듯 옛 추억이 담긴 학교는 작아 보이기는커녕 리모델링으로 더 크고 세련되어졌고 급식소 위치도 바뀌었을 뿐 아니라 예전엔 어떤 모습이었는지 조차 아예 기억이 안 나는 것도 있었다. 길도 넓고 깨끗하게 포장이 되었다. 우리 집은 연립주택 2층이었는데 내 방 창문 바로 앞에 있던 나무도 베어졌고 그 자리엔 시멘트가 깔렸다. 그 나무를 통해서 집에 온갖 벌레가 다 기어들어 오곤 했었다. 내가 다니던 작고 초라한 교회. 종교도 의지할 곳도 필요 없는 다 큰 나에게 이제는 더 이상 위대해 보이지 않는다. 어릴 때 살던 연립주택 안으로 들어가 봤는데 너무도 작은 계단과 거미줄 진 차가운 벽이며 온갖 스티커가 밖이 안 보일 정도로 덕지덕지 붙은 계단창문이 분명 옛날 기억 그대로인데도 마치 처음 본 것처럼 어색한 느낌이 들었다. 기억은 남아있지만 꿈처럼 느껴져 정말 현실이었나 싶었다. 서울처럼 볼거리 놀 거리 먹을거리가 있는 것도 아니고 그 시골에서 또 집에서는 그 생지옥을 겪으며 무슨 재미로 어떤 희망으로 그 시절을 살았는지 까마득했다. 똑같은 거리를 걷고 또 걸으며 짧지 않은 시간을 지나왔다.

엄마는 왜 그렇게 참고 살았을까. 자식들 때문에? 아니면 이혼녀라는 딱지가 무서워서? 목숨의 위협을 느끼며 사는 게 아빠의 부재보다 더 나은 일이라고 진심으로 믿은 걸까. 부모이고 지식이고를 떠나서 우리 모두는 부족한 인간이었다. 내가 그 시절 어떻게 해야 할지 몰랐던 것처럼 엄마도 그러지 않았을까. 엄마도 나에게 신경 쓸 겨를이 없었을 것이다. 그저 짐 같았겠지. 나라도 그랬을지 모른다. 아니, 나였으면 벌써 다 버리고 도망갔을지도. 그렇게 참고

산 이유를 모르니 대단하다고 말하고 싶지는 않다. 얼토당토않게 속 터지게 답답한 이유일지도 모를 일이다. 그 쓸데없는 인내로 인해 덕 본 사람이 대체 누구란 말인가. 그러나 한편으로는 옆에 있어 준 것에 대해서 고마움을 느낀다. 폭군의 밤을 지나면 엄마가 떠날까 봐 항상 불안했던 기억을 떠올리면 그렇다. 그래서인지 나는 내가 만나는 남자의 폭력성에 예민하고 항상 입버릇처럼 내가 조선 시대에 태어났어도 시집온 나를 구박하면 노인네랑 머리채 잡고 싸울 거라고, 집 나가서 각설이를 하고 살았으면 살았지 절대 그렇게 당하고 못 산다고 이야기한다. 엄마는 지금 지난날을 어떻게 회상할까. 나야 앞으로 살아갈 날이 많으니까 새로운 환경과 결혼을 꿈꿀 수도 있지만 지금 엄마에겐 무엇이 남았을까. 가장 후회스러운 건 무엇이고 그 시절로 인해 얻은 건 뭘까. 완성된 한 여자이자 인간으로서 그 시절 엄마는 나보다 더 비참하고 힘들었을지 모른다. 가족들을 위해 최선을 다했지만 안 좋은 결과가 초래됐고 기댈 사람마저 없었다. 우리는 각자의 위치에서 각자의 삶을 잘 버텨낸 것이다.

지금도 멀리 아파트 단지나 작은 마을같이 사람들이 모여 살고 있는 곳을 바라보면 저 수많은 집들 중에 어떤 집에서 비극이 일어나고 있고, 저들 중 누가 오늘내일 죽음을 고민하며 살고 있을까, 충분히 벗어날 수 있는데도 불구하고 나와 같은 절차를 밟고 있는 아이들이 얼마나 많을까. 생각할 때마다 감탄하길 나 역시 이렇게 세상에 오래(?) 생존해 있을 줄은 몰랐다. 어찌 됐든 그럼에도 불구하고 행복하길 바란다. 발은 구정물에 담그고 있으면서도 눈으로는 무지개를 본다. 그것이 판도라의 상자에 마지막까지 남아있던 희망이라는 것인가 보다. 그럼에도 불구하고 살아가게 하는 희망이라는 재앙. 이 얼마나 대단한 모순인지.

수레바퀴에 낀 채

자살 예방 캠페인을 자주 본다. 자살도 죄고 자살방조도 죄다. 한강 다리에
는 되지도 않는 희망문구를 새기기도 하고 자살하고 싶을 때 걸 수 있는 전화
도 있다고 텔레비전에서 보았다. 나는 이런 것들이 참 정서적으로 적응도 이해
도 되지 않는다. 자살 다리로 유명한 양화대교를 걸어보았다. 죽으러 간 것은
아니고 약속 시간이 엉키는 바람에 시간이 붕 떠 선유도 공원이나 산책할 겸하
고 갔는데 양화대교 난간에 자살하려고 오는 사람들을 위해 꾸며 놓았다는 글
을 보며 생각에 잠겼다.

자살하는 사람을 억지로 살렸으면 그다음의 순서도 있어야 하는 거 아닌가.
그 사람의 자살을 지금 당장 막았다고 해서 근본적인 원인까지 해결이 된 것이
아닌데 치료에도 불구하고 또다시 반복되는 자살시도는 어떻게 대처하는 것
일까. 그들이 하는 일이 당장 구멍 난 부분을 때우는 일은 아닐 텐데 우선되는

무언가를 놓치고 있음이 분명하다.

　스물한 살 때 사귀었던 남자친구가 있었다. 그 친구도 어릴 때 엄마가 도망가고 아빠가 데려온 이복동생이 있고 여러 가지 말하기 힘든 아픈 사정이 있는 친구였다. 남자친구 이상의 가족이라는 마음으로 많이 의지하고 좋아했던 친구였다. 나에게 많은 사랑을 주려고 노력했고 헤어졌지만 지금 생각해도 고마운 사람이고 좋은 추억이다. 우리 시골 동네에는 마을과 마을을 갈라놓는 크지도 작지도 않은 강이 있는데 남자친구는 어릴 때 가장 친한 친구와 다리 위에 올라가서 여기서 뛰어내리면 죽을지 살지 논쟁을 벌였다고 한다. 남자친구는 죽는다고, 그의 친구는 죽지 않는다고 투덕거리다가 남자친구가 강으로 뛰어내렸고 물에 빠지자마자 그의 친구가 119에 신고해 구조해서 살았다고 한다. 자연히 그의 친구는 경찰서에 가서 조사를 받게 됐는데 왜 뛰어내렸는지 아느냐고 경찰이 물으니 자살하려고 뛰어내렸다고 대답해 남자친구도 경찰 조사를 받았단다. 웃기에도 울기에도 애매한 만감이 교차하는 그 이야기가 뇌리에 깊이 박혀 시골 동네에 내려가 강을 보면 아직도 그 친구가 떠오른다.

　내가 안 죽고 살면 네가 나 먹여 살려 줄 거냐, 내 인생에 뭐 보태 줄 거냐고 묻고 싶은 사람이 의외로 많지 않을까? 정신적으로 공포스럽고 육체적으로 고통스러우며 사회적으로 호들갑스럽게 죽고 싶지 않다. 내가 선택한 방식으로 최대한 덜 공포스럽고 덜 고통스럽게 혼자 조용히 죽을 권리가 나에게는 없는 걸까.

　사람들은 오만하게도 소소한 행복, 일상의 행복이 가장 큰 행복인 것처럼 말한다. 마치 풍요롭고 사치스런 삶은 소용이 없다는 듯이. 도라도 닦은 듯하다. 그런 건 아무 소용이 없다고 이제 부럽지 않다고 한다. 지금의 소소한 행복을 찬양하는 것은 그들이 지금 그것밖에 갖지 못해서 일뿐이다. 소박한 삶을 살 것인가 부유한 삶을 살 것인가 둘 중의 하나를 선택하라고 한다면 당연히 부유한 삶을 선택하지 않을까. 그 물질적 풍요로움 속에서 불행한 사건이 없을 거라는 보장이 있다면 그래도 그것을 포기할 것인가? 불행이 없는 가난과 불행이 없는 풍요 중에 어느 것을 선택할 것인지? 불행은 그에 따른 예상치 못했고 감당하기 힘든 사건들에서 파생되는 것이지 그들을 불행하게 하는 것은 풍요와 결핍 그 자체가 아니다. 그들을 불행하게 한 것은 단지 불행한 사건이었을 뿐이다. 소박한 삶이 더 행복하게 느끼는 것은 풍요로운 삶에 존재했던 유형의 불행이 소박한 삶에는 존재하지 않기 때문이고, 소박한 삶에만 존재하는 유형의 불행이 풍요로운 삶에는 존재하지 않기 때문이다. 불행은 어디든 있고 인간은 보이지 않는 다른 행복만을 항상 찾기에 왔다 갔다 미쳐 날뛰며 양쪽의 행복을 맛보려는 것이다. 이 풀밭에서 놀다가 벌레가 나오면 저 풀밭으로, 저 풀밭에서 놀다가 뱀이 나오면 다시 이 풀밭으로. 이 풀밭이 좋을 땐 저 풀밭을 욕하고, 이 풀밭이 싫을 땐 저 풀밭을 그리워한다. 그게 인간에게 주어진 저주이다.

사과는 이름을 사과라고 지었기 때문에 사과라고 불리는 것이다. 오늘부터 소고기라고 부르기로 했다면 사과는 소고기가 되는 것이다. 사과를 딸기라고 부르든 갈비라고 부르든 사과의 본질은 그냥 사과면서도 충분히 소고기도 될 수 있고 딸기도 될 수 있다. 그리고 그 본질과 운명은 사과가 태어나기 전부터 정해진다. 저 사과나무에서 열릴 것은 사과로 정해져 있지 저 사과나무에서 토마토가 열리지는 않을 것이다. 그리고 그 사과는 먹히는 것으로 삶이 종결된다. 인간에게 먹힐지 코끼리에게 먹힐지, 구워 먹힐지 주스로 먹힐지 대상과 방법만 다를 뿐이다. 그렇다고 해서 새가 되어 날지 못한 사과의 삶이 창피한 삶인가. 자신에게 주어진 운명대로 사는 것을.

어릴 때부터 누구를 이기려고 1등을 하려고 아등바등하기보다는 베짱이처럼 혼자 여유롭게 지내는 걸 좋아했던 기억이 문득 떠올랐다. 공부도 그랬다. 공부 잘하는 친구를 보면 공부한 것을 또 공부하고 혹시 빠뜨린 것이 있나 보고 또 보고, 외우고 또 외우지만 공부 못하는 나로서는 책을 몇 번 읽어보고 대충 알겠다 싶고 감이 오면 그다음부터는 공부하기가 싫어지는 것이다. 일도 마찬가지여서 처음 입사해서는 미친 듯이 열심히 하다가 몇 달 지나 조금 익숙해지면 그때부터는 금세 지겨워져 하기가 싫어졌다. 고등학교 때 체육대회 날이 기억난다. 나는 경기에 아무것도 참가하지 않고 가장 친한 친구와 나무 밑에 돗자리를 펴고 누워서 하루 종일 만화책만 보았다. 그러다가 학부모들이 부침개를 부쳐주면 배불리 먹고는 다시 돗자리로 돌아왔다. 집에서는 방에서 누워 있다가 불을 끄기 위해 다시 일어나기가 귀찮아 비비탄 총을 사서 스위치를 맞춰서 끄곤 했다.

우울증 때문에 삶에 골몰하는 것과는 또 다르게 냉소적이면서 유치하고 애쓰지 않는 나의 성격적 특질로 나는 세상과 약간의 격리와도 같은 거리를 편리하게 유지하였다. 직장생활을 하면서도 후배가 뭘 잘못하면 선배로서 잡아주고 혼내주고 알려줘야 하지만 나는 남은 신경도 안 쓰는 심각한 개인주의를 발휘하였고 나에게 그 사람은 후배가 아니라 그냥 남이라는, 내가 아닌 모든 다른 사람은 그저 남이라는 명쾌하고 비아냥같은 진리만을 고집하며 삶의 모든 방해를 견제하였다. 나에게는 관계에 관한 인식이 그런 식이었다. 남에게 충고나 싫은 소리하며 상관하고 싶지 않았다. 엄마에게도 외갓집 식구들을 엄마네 가족이라고 불렀다. 남들은 아기는 아기이기 때문에 다 예쁘다고 하지만 나에게 아기는 그냥 나이가 어린 사람일 뿐이다. 예쁜 사람이 있고 못생긴 사람이 있듯 아기도 그냥 사람이기 때문에 아기라는 이유로 무조건 예쁘지는 않다. 얼굴이 예쁘면 예쁜 아기, 얼굴이 못생기면 못생긴 아기. 그뿐이다. 조금만 크면 나와 같이 사회생활 하는 사람일 텐데 그 사람 밥 먹이고 똥 닦아주는 것도 참 억울하지 싶다. 테이블에서 기저귀를 갈거나 하는 행동들로 인해 '맘충'이라고 욕먹고 있는 몇몇 엄마들에 대해 말이 많은데 내 새끼가 너무 예쁘니까 남들 눈에도 그렇게 보일 줄 아는 것이다. 밥 먹다가 다른 테이블로 가서 모르는 사람들에게 애교떠는 자기 아기를 자랑하듯 그냥 내버려 두는 것을 많이 보았다. 그런데 본인이 아기를 낳기 전에 보던 다른 아기들이 지금 내 새끼 보는 것처럼 예쁘고 사랑스러웠는지? 아기를 낳고 나서도 남의 애기가 내 자식처럼 예뻐 보이는지 묻고 싶다.

설렁설렁하고 허술하고 얽매이지 않으려고 애쓰는 자유로운 개인주의자 같이 행동했지만, 그것은 어김없이 부정적인 쪽으로 미친 듯이 뻗어 나가며 무서운 현상을 촉진시켰고 그걸 모르는 바도 아니었다. 내 스트레스를 풀기 위해 남의 약점을 잡아 비꼬고 늘어지며 끝끝내 상대방을 화나게 만들었다. 다른 사람을 화나게 만들면 내 화가 풀어지는 기이한 현상이 발생하는 지경까지 이르렀으며 어떻게 하면 더 상처 줄 수 있는지 궁리했다. 나는 본질적으로 아름다운 세상을 살아감에 있어 필요한 것들이 누락되어 있었고 결핍되어 있었다.

여행을 떠난다면 다시 현실로 돌아오기 마련이고 그럼 곧 다시 공허에 닿을 뿐이다. 현실이 있기에 여행도 있는 것인데 말이다. 그렇다면 현실에서도 떠날 날을 정해놓고 지내야 하나. 그럼 유한한 이 공간이 아쉬워질까. 내 모든 이상 징후와 고민들은 수많은 심리 서적들에서 원인과 답을 제시해 주고 있지만 그걸 안다고 해서 내가 바뀌지는 않는다. 모든 것은 추측일 뿐이다.

인간이란 스스로를 분석하고 단정 짓길 좋아하여 나는 이러이러한 인간이다 결론 내리며 마치 그런 종류의 인간은 나만 특별히 존재하는 듯 착각에 빠져 뿌듯해하는 것을 좋아하는 까닭에 진심으로 타인을 이해하고 받아들일 의향은 요만큼도 없으면서 사실은 타인을 이해하기 위함이 아니라 나를 바라보는 타인의 속마음이 궁금하여 당장 이 불행을 끝내주는 방법이 있을까 모래 속을 파헤치듯 끊임없이 심리 서적을 들춰내기를 반복하고 그 속의 비슷하게 차고 넘치는 이야기들을 읽으며 언제나 처음 접하듯 열 번이든 백번이든 지치지도 않고 똑같이 감탄하는 놀라운 능력을 보여주곤 한다.

인간은 똑같은 질문을 반복하고 똑같은 답을 제시하며 순간에 만족하고 같은 자리를 맴돌며 누구도 탓할 것 없이 그렇게 한없이 운명의 수레바퀴에 낀 채 굴러가는 것이다.

제4장
읽고 쓰는 삶

책 읽기는 계속되어야

　내가 아무 근거도 없이 작가가 될 거라고 믿었던 이유를 돌이켜 생각해보면 작가라는 것이 대단한 게 아니라 그냥 내가 쓰고 싶은 글을 쓰면 그게 작가라고 생각했기 때문인 것 같다.

　어떤 사람들은 허세를 부리기 위해, 무식하다는 말을 듣지 않기 위해, 혹은 읽은 책의 숫자가 자신의 가치를 나타낸다는 착각으로 인해 책을 많이 읽기도 한다. 그 수많은 우습지도 않은 이유 중에 나는 책에 대한 분리불안 장애 같은 게 있었던 듯싶다. 어느 감명스러운 한 책을 읽고 너무 공감을 하거나 위로를 받아 감정이입을 지나치게 하면 하루에도 몇 번씩 불안할 때마다 그 책을 펴서 읽고 또 읽고 멀리 갈 때도 가져가곤 했다. 너무 의지한 나머지 책을 그냥 종이로 생각한 게 아니라 마치 의인화해서 여겼던 것 같다. 그리고 같은 책을 몇 권이나 사곤 했다. 사춘기 시절엔 내가 죽으면 그 책을 같이 태워달라는 유서까지 남겼었다. 어느 순간 책은 바쁜 나에게 이미 거추장스럽고 귀찮은 존재가 되어버리고 꿈이 작가였다는 말을 하기도 무색할 만큼 책도 안 보고 글도 안 쓰는 시기를 오래 겪었지만 결국 회귀하고 말았다. 대신 책과 글쓰기에 대한 집착이 아닌 향유의 시기가 찾아온 것이다. 지칠 때 타당한 핑계를 대며 죄책감 없이 쉴 수 있게 하는 수단이 되었으며 가벼운 마음으로 사랑을 나눌 수 있게 되었다.

나는 누군가의 응원이나 위로를 듣는 것도 뭔가 징그럽고 닭살이 돋는 것 같아 싫어한다. 그 위로에 속아주고, 할 수 있다고 스스로 힘내는 척하는 것도 민망하고 불편하다. 다들 다 아는데 나만 모르고 신나는 건 아닌가 싶다. 기뻐하고 좋아하고 따뜻한 내 모습이 스스로 부끄럽고 낯설다. 나에게 밝은 미소로 파이팅을 외치면 냉소적으로 웃어넘기며 기대에 부응하려고 노력하지 않을 것이다. 누구는 아름답고 평화롭고 부자인 나라에 태어나 세계 최고라는 찬사를 받는 교육을 받으며 살아가지만, 누구는 내전으로 인해 항상 죽을 것을 불안해하고 이리저리 피해 다니다가 난민이 되어 죽어도 여기선 안 죽겠다며 언제 뒤집어질지 모르는 배를 타고 바다를 건너 도망가는 그 둘의 운명을 일부러 바꿀 수 없듯이 내 힘으로 바꿀 수 없는 것들을 어느 순간 인정, 아니 마지못해 받아들이게 된 후 진실 찾기를 그만두었다.

누구는 물건을 버리지 못하는 병에 걸려 쓸데없는 잡동사니까지 버리지 못하고 모아놔 집안을 쓰레기장으로 만든다는데 나는 버리는 병에 걸려서 안 입는 옷을 비롯해 옛날 추억의 물건까지 뭐든지 다 갖다버려야 직성이 풀리는 것은. 게다가 냉장고에 뭐가 들어 있는 것이 싫어서 물과 과일 말고는 사놓는 것도 없고 물건만이 아니라 사람까지도 그러하여 더 이상 연락 안 하는 사람은 주기적으로 번호를 지워 핸드폰에는 50명도 채 안 되는 연락처가 저장되어 있을 뿐이었다. 그것도 동네 피자집, 회사, 컴퓨터 수리 등등까지 합쳐서. 생의 한

가운데에 나나가 화재로 집이 타는 것을 보고 짐이 없어진 것 같아 후련하다고 했는데 아마도 그런 비슷한 느낌일 것 같다.

앞으로 살면서 필연적으로 겪어야 할 모든 상황이 나에게는 너무나 무거운 짐이자 초라한 고난으로밖에 느껴지지 않았다. 앞에 펼쳐져 점점 구체화 돼가는 과제들을 열거하며 탄식했다. 나는 그것들에 쫓기듯 도망가다가 이젠 거의 애원하기에 이르렀다. 나는 죽는 것밖에 방법이 없구나, 역시 나는 죽는 게 답이구나! 버린다는 것은 홀가분 그 이상의 의미를 내포하고 있다. 가방이 가벼우면 어깨도 가볍듯, 기대를 안 하면 실망도 안 하듯, 가진 게 없으면 잃을 것도 없다 했다. 이렇게 사니 당연히 인생이 너무 길게만 느껴져 뫼비우스의 띠처럼 아무리 살아도 삶은 끝나지 않을 듯하였다. 그러다가 내가 방심한 틈을 타 허접한 주먹을 휘두르며 타격을 가하려는 듯 죽은 내 모습이 생생하게 떠오른다. 나는 가끔 어떤 상상이 갑자기 눈 앞에 펼쳐질 때가 있는데 내 죽은 모습도 그렇다. 아무런 긴장 없는 얼굴의 근육과 누렇고 창백한 피부 색깔. 사실 이런 게 더 심해진 것은 직업 때문일 수도 있다.

인천공항 소방대에서 구급대원으로 일하면서 기억에 남는 일이 몇 있는데 그중에 하나가 아메리칸 항공에서 있었던 일이다. 한국까지 도착 시간이 6시간도 넘게 남았는데 기내에서 사람이 죽었다고 소방대로 신고가 들어 왔다. 그 비행기가 한국에 도착할 때까지 우리가 할 수 있는 일은 그저 기다리는 것뿐이었다. 비행기가 도착했고 우리는 게이트 앞에서 대기를 하고 있다가 바로 기내로 들어갔다. 일반인들은 잘 모르겠지만 비행기 안에서 죽는 사람들이 의외로 많다. 보통 긴 비행시간 후 노인들이 이코노미증후군으로 돌아가시는데 비행기가 착륙하기 전에 죽으면 승무원들이 편평한 곳에 이불을 깔아놓고 망자를 눕힌 후 이불을 고이 덮어 모셔 놓는다. 그런데 그건 우리나라 승무원들의 이야기고 우리보다 망자에 대한 예의가 덜한 외항사에서는 아니다. 아메리칸항공에서 만들어 놓은 충격적인 시체 유기와도 같은 현장을 보았는데 문화적 차이에 의한 충격이라고 해야 하나. 우리가 기내로 진입하자 그들은 망자를 화장실 안에 넣어놨다고 했다. 속으로 의아해하면서도 그럴 수도 있지 하며 문을 밀어 열어보았다. 그런데 시체는 머리에 종이가방을 뒤집어쓰고 팔다리가 묶인 채 변기에 삐딱하게 앉아 있는 것이었다. 머리에 씌운 종이가방을 벗기니 입에 갈색의 피가 섞인 것 같은 토사물을 흘리며 온몸은 이미 딱딱하게 굳어 있었다. 100kg도 넘어 보이는 콧수염이 있는 50대의 남자 백인이었다. 그 무겁고 사후강직으로 몸이 펴지지도 않는 시체를 옮기기도 쉽지 않았다. 외지에서 피치 못하게 죽는 사람들을 보면 참 많이 안타깝다. 얼마나 외로울까. 그들이 취급한 망자는 살아있을 땐 멋지게 내 의사도 표현하고 사랑하는 사람이 껴안고 뽀뽀도 해주고 그랬을 텐데 죽었다고 그동안 한 번도 인간이 아니었던 것처럼 한순간 징그럽고 끔찍한 짐짝 취급을 하다니. 아, 이런 게 인간의 생명이라는 것인가. 그 후로는 인천공항을 출퇴근하면서 지나다니다 외관상 그 나이쯤 돼 보이는 덩치 크고 콧수염 난 백인 남자를 보면 시체로 보이는 정신적 트라우마를 몇 년이나 겪었다. 시체가 걸어다니는 것 같았다. 없어진 듯했던 그 증상은 병원 중환자실에서 죽어가는 사람들을 많이 보니 다시금 심해졌다. 이제는 남녀노소를 불문하고 나와 마주하는 모든 사람의 얼굴을 보면 죽었을 때 어떤 모습일지 상상하게 된다. 또한 죽은 내 얼굴을 상상한다. 모든 근육이 힘이 풀린 무표정의 더 이상 피가 돌지 않는 노란 얼굴. 파란 입술. 아무리 근육이 풀려도 잠을 자는 모습과 죽어있는 모습은 다르다. 건강하고 생기 있다는 것은 정말 아름다운 것이다. 아무리 젊고 아름다운 여자라도 죽으면 징그러운 시체일 뿐인 것을.

예정된 여행

    광세의 '내가 아무것도 모르고 또 나에 대해 아무것도 모르는 무한히 광대한 공간들이 이 작은 공간을 삼키고 있다는 것을 알 수 있다. 그 생각을 하면 내가 저기가 아니라 여기에 있다는 것이 무섭고 놀랍다. 나는 저기가 아닌 여기에 있을 이유도 없고, 다른 때가 아닌 지금 있을 이유도 없기 때문이다. 누가 나를 여기에 갖다 놓았는가' 라는 구절을 보고 감탄했다.

    그러나 내가 다른 곳에 다른 시간에 태어났더라면 정말 다른 삶을 살고 있었을까. 내가 가지고 태어난 운명이 이것이라면 그 어딜 가서든 어떤 상황을 겪든 나는 비참하리만치 비슷한 행복과 비슷한 불행을 느끼지 않았을까 싶다. 어디로든 도망갈 수가 없다고 느낀다. 저주를 퍼붓고 나는 또 다른 새로운 불행과 절망을 찾아 헤맬 것이다. 인간은 아무 일 없이 살 수가 없는 듯하다. 딱히 어떤 이득이나 확실한 무언가가 보장되지 않음을 알면서 혹은 불행할 것을 예상하면서도 권태에 젖어 어떤 자극을 위해 불행을 감수한다. 끝없이 새로운 자극을 갈망하나보다. 그 자극이 무뎌지면 또 새로운 것을 또 새로운 것을 찾아 떠나는 것이다. 작은 공간에서라도 말이다. 안방에서 작은방으로, 작은방에서 베란다로, 베란다에서 다시 안방으로 돌고 돌면서.

누군가를 가슴 터질 듯 좋아했던 기억이든, 이 세상이 마치 다 내 것인 것처럼 부푼 마음으로 여행을 다녔던 기억이든 시간이 지나니 믿기지 않을 만큼 어렴풋해진다. 망각은 최고의 축복이라는데 나는 나쁜 기억조차도 잊고 싶지 않다. 하물며 좋은 기억이면 어떻겠는가. 내가 하다만 여러 SNS 사이트들에 조각조각 흩어져있던 배낭여행 중 찍은 사진을 발견했다. 우리나라는 땅이 좁아 차를 타고 국도를 지날 때면 바로 옆이 산이어서 어디 멀리 눈을 둘 곳이 없는데 사진 속 그곳은 파란 잔디가 펼쳐져 있고 그 잔디 위 중간에는 영화같이 잔디를 깎아 만든 좁은 길이 웨이브를 그리며 어느 작은 집까지 도달해 있다. 청명하게 푸르고 깨끗한 풍경이 아름답고 이국적이라 생각해 기차에 앉아 지나가면서 사진을 찍었다. 조금 흔들리긴 했지만, 그 아름다움을 간직하기에는 충분했다. 그런데 문제는 이 사진이 유럽이긴 유럽인데 유럽 어디서 찍은 건지 통 기억이 안 난다는 것이다. 분명히 기차에서 찍었는데 기차는 어디 지역에서건 항상 탔었다. 사진 분위기가 이탈리아는 아닌 것 같았다. 이탈리아는 풀이든 나무든 집이든 색이 짙었다. 동글동글 올리브 나무도 많았고 이렇게 청명한 느낌은 아니었다. 결국 이 곳이 어딘지 찾기 위해 컴퓨터에 저장 되어있는 사진을 차례대로 쭉 보았다. 내가 찾던 사진은 독일 사진들 중에 끼어있었다. 아, 독일이었구나! 그땐 절대로, 결코, 죽을 때까지 잊지 못할 것 같았는데 어딘지도 모르다니 우스웠다. 체코에서 찍은 귀여운 표지판을 친구에게 독일이라고 알려 준 것은 또 뭐고! 흘러가버리고 더 이상 눈앞에 실체하지 않는 것들을 잡아 두려 하는 것이 얼마나 허무한 걸까. 헤어지고 죽을 것 같았던 첫사랑도 헤어지고 나니 이제 얼굴조차 가물가물하다. 어떤 추억이 있었는지 애써 생각해내지 않으면 잘 떠오르지도 않는다. 사진처럼 한 컷씩, 환상처럼 희미하게 좋은 느낌으로만 기억할 뿐이다. 그 순간이 영원할 것처럼 아팠을 때 시간이 해결해줄 것이라는 진리의 말도 나를 놀리는 것처럼 느껴졌었다. 그러나 시간이 지나 어렴풋한 추억 앞에 서니 겸연쩍게 웃음이 난다. 누군가는 말한다. 첫 키스가 누구였는지도 잘 모르겠다고. 옛날에 나는 그 이야기를 듣고 너무 그럴 수나 있나 싶었는데 이제는 이해가 간다. 순서를 떠나 어떤 업무를 분류시키듯 그렇게 단지 비슷한 추억이 보따리처럼 한데 묶여있을 뿐이다.

나는 특이한 취미가 하나 있다. 항상 여행을 다녀오든 사람이 많은 곳을 다녀와서는 그곳에서 찍은 사진의 배경 속 우연히 찍힌 사람들 얼굴을 확대해 하나씩 자세히 보는 것이다. 그 사람들 얼굴에는 얼마나 다양한 표정과 감정이 담겨있는지, 즐거운 곳에 모인지라 각자의 인생이 얼마나 행복해 보이는지 봐도 봐도 재미있고 즐겁다. 현지인의 진지하고 무뚝뚝한 얼굴도 영화의 한 장면 같다. 어떤 사람은 셀카를 찍고 있는 나를 쳐다보거나 내 카메라를 쳐다보는 사람도 있다. 양복을 입은 머리가 약간 벗어진 아저씨가 아이스크림을 먹는 모습도 있고, 나처럼 신기한 듯 사진을 찍는 사람, 손짓을 하며 심각한 표정으로 이야기를 하는 사람, 파란색 후드 티에 초록색 추리닝 바지를 입은 사람도 있다. 사진을 확대해 자세히 바라보면 그때는 미처 보지 못했던 많은 것들이 담겨 있다는 걸 알게 된다. 그럴 때면 순식간에 최면에 걸린 듯 그때의 감정이 너무나도 생생하게 느껴져 미치도록 그리워지는 것이다. 여행을 다녀온 후에는 그 후유증으로 문득문득 여기가 어디인지 착각하거나, 그곳에서 느꼈던 순간의 감정들이 훅하고 다가와 놀라기도 한다. 고국을 떠나 살면 향수병에 걸려 힘들다던데 평범한 일상에 대한 향수병도 있을까. 오래 방랑자처럼 여행을 하며 돌아다니면 일상이 그리우려나. 류시화는 자신의 시에서 집 없는 자는 집을 그리워하고, 집 있는 자는 빈 들녘의 바람을 그리워한다고 했다. 어떻게 살아야 하는 걸까. 마치 양극단 속에서만 존재하는 듯하다.

미친 듯이 후회하고, 절망스러운 선택을 하고, 삶을 일그러뜨렸다고 해서 그 인생이 끝이고 가치 없으며, 빼앗기고 일그러진 채로만 있을 거라고 누가 말할 수 있을까. 우리는 한없이 연약하고 휩쓸리기에 더 큰 행복을 좇아 궤도에서 이탈하기도 한다. 이성을 잃을 만큼 후회하고 내가 지금 무슨 짓을 저지른 건지 혼란스러워하다가 다시 궤도 안으로 들어가기 위해 안간힘을 쓰고 있음은 이미 우리가 충분히 순수하고 충만한 삶을 살고 있다는 방증이 아닐까. 인생의 그 모든 위대한 실수들은 단순 부주의가 아니었음을, 우리는 끝없이 집요한 질문과 탐구로서 삶을 대하고 있음을 그 후에 증명하며 살아가는 게 아닐까.

유명 연예인의 자살 소식을 들었다. 나 같은 사람도 사는데 하는 자괴감과 함께 참 아까운 사람이 가버렸다고 생각했다. 그간 너무나 바쁜 스케줄에 힘들었다고 하는데 오죽 힘들었으면 그랬을까 하면서도 남의 자살소식을 들으니 나는 한 번도 자살 생각을 안 한 것처럼 그렇게 군다. 그도 그럴 것이 그렇게 죽을 만큼 힘들면 안 하면 되지, 책임감이고 나발이고 내가 죽겠다는데 다 버리고 떠나면 되지 왜 죽기까지 했을까 안타까운 마음에 타박을 한다. 그렇게 마음대로 할 수 있는 게 아니라는 걸 알면서도.

사실 어느 힘든 상황에 있던 사람이 자살을 하는 것은 그를 괴롭혔던 어떤 특정인 때문이 아니다. 주요의 인물이나 사건이 그것을 유발했다 하더라도 그 것이 사라졌을 때 모든 것이 좋아질 거라면 그 상황을 벗어나려고 하거나 그 사람을 없애버리거나 하겠지만 문제는 그 특정 인물이 아니라 그로 인해 내 자아가 무너져 나를 둘러싸고 있는 모든 상황이 무기력해지며 인생 자체에 대한 절망에 빠져 미래나 희망 따위는 전혀 보이지 않는 것이다. 그 특정 인물이나 상황은 이미 어두운 벽 뒤로 넘어가 버리게 된다. 무엇 하나를 꼬집어 해결한다고 되는 일이 아니다.

특히 어린아이들이 학교폭력에 시달리다가 자살하는 것을 보면 더 안타깝다. 자기는 깊이 생각을 했고 한참 생각을 한 거라고 그러고 나서 결정을 한 거라고 써놓은 유서를 보았다. 혼자 깊이 생각하고 혼자 한참 생각하니까 그런 결정이 나는 것이다. 도움을 요청하면 되는데 그 도움마저 시원치 않아(어른이란 인간들이 그렇다) 학교를 못 다니겠으면 저 멀리 다른 지역으로 전학을 가면 되고 그래도 안 되면 그깟 학교 때려치우면 되는 건데 그게 죽을 일이 다냐. 누구 말따나 손이 더러우면 씻으면 되는 거고, 방이 지저분하면 치우면 되는 거다. 아무 명분 없이 자꾸 죽을 생각하면 그게 문제인 거지. 어린 학생들이 죽음으로 문제를 해결하려는 것이 무엇보다 안타깝다. 인생이 뭐가 그리 대단하다고 죽을 만큼 싫으면 안 하면 되고, 죽을 만큼 좋으면 하면 되는 거 아닌가. 오히려 내 찌꺼기나마 이 세상에서 누구에게라도 어느 곳에서라도 가치 있는 사람이 되고 싶어서, 태어나지 말았어야 할 사람은 되고 싶지 않아서 그거 하나에만 집착해 살아가는 사람도 있는데 말이다.

그들은 사랑하는 사람을 지켜주기 위해 다른 사람을 해치게 되더라도 그들은 그 한 사람만을 위해 필요한 사람이 되려고 노력한다. 그들에게는 그것이 삶의 전부이다. 한순간에 사라져버릴 것이어도 상관없다. 그것을 희생이라고 한다. 교묘하게 죽고 죽인다. 진실은 언제나 속내를 쉽게 드러내지 않는다. 끔찍한 사건도 누군가에게는 감사와 축복이 될 수도 있다. 그리고 다른 상이한 측면들에 있는 것들은 더욱 고상한 모습으로 변장을 하여 다가와 이기심과 복수심을 표출한다. 그로 인해 삶의 가장 큰 주제가 되고 만다. 무언가를 또는 누군가를 지키고 이기기 위해 끊임없이 넌더리가 나고 현기증이 날 때까지 머리를 굴리고 또 굴려야 하는 것이다. 하지만 어찌 보면 이것들은 잔머리에서 파생된 것이 아니라 단순한 사랑에 의해 일어난 일임에도 불구하고 그로 인해 드러나는 상처를 덮고 다시 삐져나오는 상처를 또 덮기 위해 어쩔 수 없이 모든 위험을 피해가지 못하고 어수룩한 척 떠안는 것이다. 아프고 힘들다.

직업의 방황

분명 삶은 믿을 수 없을 만큼 찬란하고 다양하며 너무도 많은 길과 선택지, 모험들이 기다리고 있을 것임을 나도 믿어 의심치 않으며, 기대했던 곳에서 실망하는 일이나 예상치 못한 곳에서 기쁨을 얻는 일 또한 나에게도 있었다. 선택의 기로에 설 때마다 인생이 도박처럼 느껴지기도 한다. 삶의 머뭇거림을 파생시키는 근거이기도 하다.

세상에 태어나서 한 가지 일만 하고 살 수는 없었다. 새로운 것을 해보고 싶었다. 무엇보다 병원 일이 하기 싫었다. 그래 나는 여행을 좋아하니까 여행사 일을 배워보자 하고 여행 관련 업무에 대한 교육을 국가지원 환급 과정으로 3개월 동안 받았다. 비행기 티켓 예약 발권 자격증을 따는 것이었다. 십 대 후반부터 30대 중반까지 여러 사람들과 모여 매일 교육을 받았고 어릴 때는 죽기보다 하기 싫었던 발표나 조별과제도 너무 즐거웠다. 다시 학교에 다니는 기분이었다. 어릴 때 이렇게 재미있게 학교에 다녔더라면 얼마나 좋았을까. 주말에는 마사회 서울 어느 지점에서 응급처치 아르바이트를 했다. 일주일 내내 하루도 쉬는 날이 없었지만 새로운 것을 배운다는 기쁨이 더 컸다. 하지만 막상 취업을 하려니 일자리가 많지 않았고 결국 집에서 한 시간 반이나 걸리는 곳에 있는 작은 여행사에 취업했다. 사장에 나까지 합쳐서 직원이 3명이었고 월급은 100만 원이었다. 월세를 내고 사는 나에게 턱없이 부족한 돈이었고 언제 오를지 모를 급여를 기다리며 몇 년을 다닐 자신이 없었다. 게다가 사장님하고 싸우는 일까지 발생했다. 결국 한 달 만에 회사를 나오고 말았다. 그리고 다시 법률사무소 취업 교육을 받았다. 그리고 더 낮은 급여를 받고 취업했다. 법원이나 기관에 제출 할 서류를 작성하고 법원에 왔다 갔다 하는 일이었다. 약간 복잡하고 어려웠지만 배워두면 좋을 일이었다. 그러나 80만 원 정도의 월급으로 생활이 되지 않았다. 게다가 나에게 운전면허를 따라고 하는데 그 월급을 받으며 운전면허까지 딸 여유가 생기지 않았다. 결국 나는 가지고 있던 보험까지 깼다. 이런저런 갈등을 겪다가 결국 3개월도 안 되어 다시 퇴사하고 말았다. 그러고 나니 더 이상 아무것도 다시 시작하고 싶지 않았다. 제대로 대학을 나와 전공을 살려 취업을 해도 먹고살기 힘든 마당에 이렇게 몇 달 배운 거로 욕심을 부리기엔 무리였다. 돈 욕심을 낸 적은 없지만, 생활이 되지 않고 저축은 더더욱 힘든 현실에 나는 결국 다시 병원으로 들어가고 말았다.

대학 때 졸업을 앞두고 국가고시를 보기 전 기도를 했던 것이 생각난다. 제발 꼭 합격하게 해달라고 그러면 평생 봉사하며 살겠다고 내 손은 죽어가는 사람들의 심장이 될 거라고. 그 간절한 소망은 거품처럼 연약하게 흩어지고 우스운 것이 되어버렸다. 지겹고 힘들고 귀찮은 것이 되었다.

자신의 직업을 몹시 사랑하고 그 일을 위해서 태어난 듯 엄청난 프라이드를 뽐내는 사람들이 있다. 자신은 그 일을 위해 존재하며 그것만이 가치 있는 일인 듯, 하늘에서 부여받은 사명이라도 있는 듯 모든 것들 바치지 않고서는 이 무한히 넘치는 사랑을 표현할 길이 없을 것처럼 군다. 더 다양하고 깊은 경험을 해야겠다고 한다. 정말 그렇게 즐거운 걸까. 평생 이 일 하나만 하고 살 수 있는 걸까. 자신이 정말 특별한 사람이라고 생각하는 걸까. 나랑 같은 공부를 한 사람인데 내가 갖지 못한 삶의 태도가 도무지 믿을 수 없다. 오글거리고 닭살이 돋아 참을 수가 없다. 침착하지 못한 태도가 더 의심스럽다.

나는 언젠가 존경받는 중견 배우가 텔레비전에 나와 나는 그저 먹고살기 위해 연기를 했을 뿐이고 배우는 직업일 뿐이라는 말을 하는 것을 보았을 때 뒤통수를 맞았다고 할 만큼 큰 충격이었다. 모두가 인정하는 배우가 몇십 년을 유명한 배우로 살았던 사람이 그렇게 말하는 것을 보니 저런 게 정말 진정성 있는 말이 아닐까 싶었다. 나는 배우라는 특별한 위치에 취해, 혹은 인기에 취해 엄청난 연기를 해낼 것이고 그래야만 한다는(나는 배우니까!) 보기 불편하게 과한 자부심보다는 그 헛헛해 보일 만큼 덤덤한 그의 태도가 오히려 존경심을 불러왔다.

태어나기 전부터 정해져 있기라도 한 듯 그 길에 들어서게 됐고 어쨌든 내가 하고 있는 일에 최선을 다했을, 기쁨과 좌절이 번갈아 가며 섞여들었겠지만 묵묵히 이겨내며 이 자리까지 온, 먼발치에서 바라보듯 여유로운 시선으로 삶을 바라볼 수 있게 된 그의 삶이 느껴지는 듯하여 나도 저런 사람이 되고 싶다 생각했다. 어쩌면 무언가에 열중해 사는 사람들이 부러웠을지도. 나는 언제나 먼지 같았으니까. 먼지처럼 가벼웠고 이리저리 떠다녔고 아무것도 아니었으니까.

어디든 앉을 수 있고 어디든 앉으면 내 자리지만 아무도 반기는 이는 없는 먼지. 나도 잠시 이곳에 앉았을 뿐이지 훅하면 저 멀리 날아갈 것을 기다리다가 또 다른 곳에 아무 집착도 무게도 없이 날아가고 그러다가 물에 씻겨 어느 날 갑자기 사라져 버릴 것이었다.

모든 일에 금방 싫증이 났다. 금세 지겨워지고 지루해졌다. 그래서 사는 것도 이러나 싫었다. 다른 사람들은 어떻게 지치지도 않고 포기하지도 않고 그렇게 불타오르는 의지로 성공을 이루는 걸까. 어떻게 한가지의 목표를 저 멀리 찍어두고 그것만을 위해 달려가는 그게 정상이고 원래 그런 것인지. 내가 무슨 큰 하자가 있는 걸까. 남들은 어떤 생각을 하며 어떤 정서를 가지고 어떤 기분을 느끼며 사는 걸까. 나도 그들과 같다고 생각했는데 그게 아니었나 보다. 시간이 흐를수록 느껴지는 괴리감은 어쩔 수가 없었다. 내가 대학을 졸업했으니 그나마 남들이 쉽게 마주치기 어려운 수많은 값지고 가치 있는 경험들을 할 수 있었고 더 많은 사람들에게 다가갈 수 있었다는 것을 모르지 않다. 그로 인해 나는 분명히 한층 성장하고 깊어졌을 것을. 이 직업적 시기를 지나지 않았다면 나는 더욱 방황하며 허무에 부딪히고 삶에 대항할 힘도 훨씬 갖지 못했을 것을. 그럼에도 불구하고 언제든 기회를 엿봐 일상에 총을 겨누다가 튀어 나갈 자세로 매복하듯 살아가는 것이다. 그래서 회사원들이 사표를 최루탄처럼 움켜쥐고 있는 것 아닌가. 인간의 존엄성이 사표 안에 들어있듯이.

한강은 여전히 우수에 젖어있다. 나는 시골 출신이라 그런지 아직도 전철이 한강 위를 달리는 풍경을 보면 기분이 묘하다. 마치 텔레비전 속 장면을 보는 것 같기도 하고 쓸쓸하기도 하다. 그 목가적인 풍경은 모든 세상이 나에게 관대할 것만 같다. 어떤 어긋남도 더 큰 기회와 용기를 가져올 것 같다. 비록 그 전철 안에 노예를 짐짝처럼 싣듯 사람들이 꾹꾹 눌러 담겨 있더라도 모두 아름다운 꿈을 가지고 있을 것 같다. 아무도 나에게 상처를 주지 않는다. 내가 스스로 전쟁이라도 난 양 미친 듯이 날뛰다가 절망에 빠져 철퍼덕 진흙탕에 뒹굴었다가, 모든 것을 포기하는 혼돈의 상태와 회복을 반복하고 있는 것뿐이다. 어던가를 지원하면서도 가고 싶지 않았다. 무언가를 계획하면서도 사실은 하고 싶지 않고 누군가를 만나기로 약속을 잡았으면서도 사실은 만나고 싶지 않다. 영화를 보면 주인공들이 추악해 보일지언정 인생을 탐하는 그 욕망이 부러웠다. 얼마 전 영화 속 주인공이 모든 일이 꼬여버리고 말자 주저앉아 허공으로 시선을 던지며 말했다. 되는 일이 없다고. 그마저도 부러웠다. 내 모든 것을 걸고 뛰어들 수 있는 열정을 가지고 싶다.

내가 언제 가장 행복하고 희열을 느꼈는가 생각해 보았다. 혼자 있을 때, 혼자 낯선 곳을 돌아다닐 때. 그리고 혼자 정말 마음에 드는 영화를 볼 때. 말도 통하지 않고 나와 비슷한 사람도 없는 낯선 곳에서 오로지 혼자라는 자유를 느낄 때 가장 행복했다. 나와 비교할 사람도 없는 그곳에서 있는 그대로의 내 모습 그 자체만으로 존재하고 스스로 인정할 수 있던 그때. 앞으로도 죽 그렇게 살 수 있다면! 누가 정해놓은 삶의 방식이 있을 게 아닌데도 우리는 다른 길, 다른 꿈을 꾸기 전에 죄책감을 먼저 느끼고 누군가의 비난을 방어할 방법을 먼저 생각하곤 한다.

인간의 밑바닥에 있는 본모습은 누구든 다를 바 없이 열악하게도 행복할 수 없는 본질을 타고났다. 목사가 하나님의 이름으로 어린양들을 성폭행을 하는 이 시대에 누가 누굴 탓하고 비난하겠냐마는 내가 나 스스로에게 하는 비난은 누구도 막아주지 못하는 까닭에 어떤 좋은 책도, 상담도, 사실 사람을 바꾸기엔 거의 불가능하다. 모든 것은 의지의 문제이므로 그게 어려워 매일 죽느냐 사느냐를 햄릿보다 더 처절하게 외쳐대는 것 아닌가. 꿈속에서 악몽을 반복하는 것 같다. 깨도 꿈이고 깨도 꿈이다. 전생을 기억 못하는 이유는 있는 것이다. 다시 태어날 수 있다는 확신이 있다면 누가 억지로 지옥 같은 삶을 꾸역꾸역 살아가겠는가. 차라리 다시 태어나는 게 편하지. 리셋. 모든 이들의 꿈이다.

제5장
삶은 스토리다

소박한 내 삶의 이야기

옆집은 대문이 항상 열려 있는데 사람으로 치면 주니어쯤 되는 뭔가 믹스된 시베리안 허스키가 묶여 있다. 너무 웃긴 건 그 개는 여자만 좋아한다는 것이다. 자주 보는 사람이더라도 남자를 보면 짖지만 여자가 오면 처음 보는 사람한테도 꼬리를 살랑살랑 흔드는 모습이 너무 웃긴다. 나는 개를 키워보지 않아서 예쁘다기보다는 재미있고 신기해서 오며 가며 개를 만졌다. 그런데 어찌나 순한지 볼수록 정이 드는 것이다. 내가 퇴근해서 들어오는 발소리를 듣고는 나를 보려고 고개를 쭉 내민 삐딱한 자세로 살랑살랑 걸어 나온다. 어느 순간부터는 마트에 장을 보러 가면 꼭 개 간식을 한두 개씩 사 와서 먹이는데 잘 먹는 모습을 보니 내가 다 즐거웠다. 간식을 살 때도 여러 맛을 보여주려고 종류별로 바꿔서 사온다. 목욕을 시키는 개가 아니라 만지고 나면 손이 까매져 눈이 마주치고도 그냥 가면 미안하니까 되도록 안 만지려고 개가 나오기 전에 나는 얼른 집으로 들어가려고 하는데 개는 목줄 질질 끄는 소리를 내며 뒤늦게라도 나와 꼭 나를 반긴다. 혹시 몰라 들어갔다가 다시 나와 고개를 내밀어 보면 아직도 이쪽을 쳐다보고 있다. 이쪽으로 뱅글뱅글 돌고 저쪽으로 뱅글뱅글 돌면서 좋아 펄쩍펄쩍 뛰는 모습을 보면 하루 종일 혼자 심심했을 텐데 그냥 가기 안쓰러워 또 한 번 쓰다듬어주고 안아주고 들어가게 된다.

하루는 개에게 다다다하고 달려가 안으니 좋아서 또 펄쩍펄쩍 뛰다가 목줄이 풀려버리고 말았다. 나도 당황했지만 개는 더 당황해 반가워하다 말고 고개를 숙이고는 허둥지둥하며 어찌할 바를 모르다가 풀린 목줄을 질질 끌고 시장 통으로 나가는 것이었다. 나는 잡을까 하다가 남의 집 개를 잡아서 묶어놓지도 못할 것 같고 괜히 오해를 살까 싶어 집으로 쏙 들어왔다. 얼른 방에 올라가 창문을 열고 내다보니 시장 통에 나물 파는 할머니가 '아이고, 애 왜 이래~!' 하신다. 나도 모르게 웃음이 나왔다. 그 앞에 순댓국집 사장님이 개 주인이라 금세 잡아끌고 와 목줄을 다시 매 놓았다. 그리고 얼마 안 있어 개가 사라졌다. 어디로 데려갔는지 마당 넓은 집으로 갔는지 모르겠지만 아직도 가끔 밤늦은 새벽집에 들어갈 때 어두운 건물 밑에 있다가 가로등 불빛을 받으며 나오는 개의모습이 생각나고 더 이상 나를 반겨주는 존재가 없어 허전하다. 동네 사람들도 자주 이야기한다. 내가 이 길을 지나가면 저 집에 개가 반겨주고 그랬다고. 그 개를 그리워하는 사람들이 많은가 보다. 텔레비전에서 어떤 아저씨가 집에들어가면 반겨 주는 건 우리 강아지밖에 없다는 말을 하던데 그럴 만도 하겠다싶었다. 계산 없이 맹목적이고 순수한 마음, 사람에게는 이런 순수한 마음이없어서 그리도 개에게 마음을 쏟고 예뻐하는 건가 보다.

밤새 쳇바퀴가 쓰러질 정도로 덜덜대며 돌아간다. 언제나 같은 자리를 힘차게 달려대는 내 작고 연약한 가족에 대해 생각한다. 손도 얼마나 작고 부드러운지 땅을 파고 살았다는 게 안타까울 정도이고 야들야들하고 분홍빛 속살을 보노라면 다른 야생동물들이 얼마나 잡아먹고 싶어 했을지 알 것 같다. 나를 경계하지 않고 내 손위에서 잠드는 햄스터가 믿을 수 없을 만큼 사랑스럽다. 이렇게 계산적인 마음이란 전혀 없이 누군가를 사랑하는 것이 인간 대 인간으로는 가능한 일일까. 아무리 가족이라도, 자식이라도 말이다. 자식 자랑에 여념이 없는 부모들을 보노라면 자식이 잘되길 바라는 마음마저도 추잡한 이물질이 절대 섞이지 않은 자식만을 위한 순도 100%의 마음을 아닐 것인데. 내가 이 작은 쥐 한 마리를 대하듯 사람에게도 그만큼 다정하고 사랑스럽게 말하고 행동한 적이 있었나 생각해보니 앞으로 그럴 일은 없을 것만 같다. 갓난아기에게도 같은 마음이겠지만 그 아이가 자라나서는 더 이상 그때 마음으로 대하는 것이 아닌 듯싶다. 왜 갓난아기와 동물을 비슷하게 대할까 생각해보면 나에게 전적으로 의존하는 존재라는 것과 말로써 대들지 못한다는 것? 심리학적으로 따지자면 여러 이유가 있겠지만 어쨌든 각자 다른 자아의 충돌을 떠올리면 그조차도 순수치 못하다. 한쪽은 한쪽에 전적으로 종속되어 있어야만 평화가 유지되니 말이다. 또 종속된 쪽은 그 사실 자체를 인지하지 못하고 있어야 하거나 더없이 만족스러워야 한다.

애완동물과 감성적으로 교류대상이 되기 위해서는 스킨십이 얼마나 절대적인지. 부드러운 털을 만지고 있으면 마음이 녹아내리는 것이 동물과의 공존이 하찮은 일이 아니구나 싶다. 동물에게만큼 나 자신을 낮추며 사람을 만난 적이 있는가. 누군가에게 무엇을 얻기 위해서, 어딘가에 적응하기 위해서가 아니라 오로지 쓰다듬을 위해, 먹이 한 알을 주기 위해 낮아지는 내 모습이 우습기까지 하지만 전혀 비굴하거나 비참하지가 않다. 아마도 상대방이 나를 그렇게 보지 않기 때문이겠지. 타인에게 내가 낮은 모습을 보이면 그는 나를 비굴한 사람으로 볼 것이고 나는 수치심을 느끼겠지만, 동물은 그렇지가 않은 것이다.

동물에게 낮은 모습을 보이며 다가가도 나를 비굴하게 보지도 않으며 나 또한 그런 상대에게 수치심을 느낄 필요가 없을 것이다. 동물에게 인간은 필요 없을지 몰라도 인간에게 동물은 불가분의 관계가 될 수밖에 없을지도 모르겠다.

햄스터의 그 작은 몸을 만지니 따스한 체온의 전달이 새삼스럽다. 내가 억지로 뽀뽀하려고 하면 얼굴을 뒤로 빼고 손으로 내 입을 막기도 한다. 그것을 본 친구는 내가 자기를 잡아먹을까 봐 그러는 거란다. 그 말을 듣고 나는 한동안 계속 떠올리며 웃었다. 햄스터는 동유럽인가 중동인가 어디가 원산지라던데 처음 햄스터를 발견하고 잡은 사람은 어떤 마음이었을까 상상하곤 한다. 이렇게 예쁜 쥐가! 하고 놀라지 않았을까. 게다가 순해서 물지도 않고. 친구는 내가 햄스터 자랑을 하고 사진을 보여줘도 징그럽단다. 실제로 보면 예쁘다고 집에 데려와서 보여주니 '실제로 보니까 더 이상해!' 한다.

전에 키우던 햄스터도 3년인가를 살았다. 뇌졸중이 온 듯했다. 한쪽이 마비되며 점점 걷지도, 먹지도 못하며 증상이 심해지다가 죽었는데 나는 당시 일하던 병원에서 중환자들에게 먹이는 영양제 남는 것을 가져와 햄스터에게 먹이며 마지막까지 간호를 했다.

겨울을 좋아하는 나지만 점점 차가워지는 날씨를 느끼며 겨울이 다가오는 게 두려워졌다. 몇 년 전 월세를 아끼기 위해 싼 곳으로 이사를 한 집이 너무 낡아 마치 길바닥에서 자고 있는 것 같은 착각을 일으켰다. 신발장도 없는 현관은 얇은 철판에 유리로 된 문이었다. 가까이 다가가기만 해도 냉장고 문을 열어놓은 듯 차가운 기운이 느껴졌다. 기분 탓인가. 아침에 일어나니 차가운 바깥 온도에 문에는 물이 줄줄 흐르고 벽은 곰팡이가 피기 시작했다. 으아, 이건 도저히 물먹는 하마로 해결할 수준이 아니지 싶다. 이제 겨울 시작인데 퇴근하고 들어와 바닥을 밟으니 발이 시려 양말을 벗을 수가 없었다. 한숨을 쉬니 입김이 났다. 방안에서 입김이 나다니. 아침에 일어나니 현관문 안쪽에 냉동실처럼 하얗게 얼음이 얼었다. 이렇게 난폭하리만치 추운데 옆집은 어떻게 하고 살까 궁금했다. 지금은 그렇다 치지만 앞으로 더 추워지면 그땐 진짜 어쩌나. 옛날 옛적에 엄마가 살던 집에는 방에 짜놓은 걸레가 얼었다는데 그때도 그렇지만 더 옛날에는 그 추운 초가집에서 어떻게 살았을지 상상이 안 간다. 양말도 없이 한겨울에 고무신 신고 욕실도 따로 없던 시절엔 어떻게 씻고 빨래하고 살았을까. 욕실은 창문이 밖으로 나 있어서 너무 추웠다. 어릴 땐 화장실 창문이 밖으로 나 있는 집에만 살아서 당연히 그런 줄 알았는데 아파트가 이토록 그리울 수가 없다. 월세 싼 집이라고 옮겼다가 더 고생이었다. 욕실도 따뜻하고 욕실에서 나와도 따뜻한 정상적인 집에서 살고픈 마음이 절실했다. 차라리 내가 지금 조선 시대에 살고 있다 생각하면 받아들이기 편하려나. 선택권이 없으면 마지못해 자연스럽게 받아들이게 되고 당연히 불평도 없는데 그렇지가 않은 것이다. 지금은 발전된 시대이고 사람들은 좋은 집에서 살고 있고 나도 돈을 더 내면 나은 집으로 갈 수 있다는 것을 아니까 더 받아들이기가 힘든 것이다. 문명이 발달하는 만큼 따라가지를 못하는 모습에 왠지 답답해진다. 내가 가지고 다니는 핸드폰이나 10년째 쓰고 있는 덜덜거리는 넷북만 봐도 그렇다. 마치 현대인들 속에서 내가 원시인이라는 것을 들키지 않기 위해 애쓰는 어설픈 현대인 코스프레를 하는 것 같다. 월급 모아 집을 사는 시대가 아니라는 생각에 모든 걸 내려놓고 당연하게 월세를 소비하게 된다. 길을 걸어 다니며 자연스레 남의 집은 월동 준비를 어떻게 하고 있나 살펴본다. 너무 오래되어서 보기만 해도 추운 집도 있고 어떤 집은 창문이 너무 크다. 창문에 두꺼운 은박 돗자리를 붙여놓았다. 아, 저런 방법도 있었구나. 그 심정이 이해된다.

이렇게 집 안팎의 환경이 과거의 가난한 시절로 회귀한 듯하다. 하지만 겉으로 툴툴거려도 나는 지금의 상황이 얼마나 편안하고 초연해졌는지 느낀다. 당장 죽고 살만큼의 괴로움 없이 아무런 일도 없는 지금이 얼마나 좋은지 충분히 알고 있다. 넉넉하지는 못해도 먹고 싶은 거 사 먹을 수 있고, 어릴 때처럼 벗어날 수 없는 누군가에게 괴롭힘을 당하는 것도 아니며 아프지도 않고 꽤 건강하다. 인간의 생명력보다 더 끈질긴 것이 게으름이라고 이런 삶에 이제는 익숙하다 못해 능숙하며, 편안하다 못해 권태로움까지 느낀다. 지금 세상은 나에게 충분히 호의적이라고 믿는다.

어쨌든 이 삶을 같이 버텨주는 햄스터가 없었다면 이 겨울에 마음까지 추워졌을 뻔했다. 인간은 자신에게 주어진 것에 대해 완전히 잃어버리기 전까지는 감사하기가 참 힘들다고 하는데 비교할 대상이 없어서 그게 좋은지 나쁜지조차 인식하지 못하는 것도 있겠지 싶다. 나는 바퀴벌레 없는 집에서 사는 것이 소원이었다. 어릴 때 다리에 무슨 이상한 느낌이 나서 내려다보니 엄지손가락만 한 바퀴벌레가 내 다리를 타고 올라오고 있었다. 지금은 바퀴벌레가 나오는 것을 보고 생각한다. 그래, 귀신이 나오는 것보다는 낫다. 바퀴벌레 없는 집에 살면 고마운지도 까맣게 잊을까? 아니, 가끔은 이런 집에 살아서 다행이다하고 문득문득 감사할 것이다. 태어날 때부터 갖고 태어난 것도 감사하다고 느끼는데 그거 하나 감사하지 못할까. 없으면 없지만 나와 비교할 좋은 대상들이 너무 많음이 가끔은 쓰리다. 인간을 시험에 들게 하고 그 시험을 아무렇지 않게 넘길 만큼 인간은 그렇게 성숙한 존재가 아닐 텐데. 인간이 동물보다 나은 것은 잔머리를 잘 굴리고 사기를 잘 치는 것뿐이다. 차라리 다 같이 못살던 옛 시절이 오히려 행복했다는 어른들의 말을 조금은 이해할 수 있을 것 같다.

오늘도 고민한다. 이 겨울을 어떻게 따듯하게 보낼까. 아무래도 돈을 많이 벌어 웅웅 돌아가는 보일러 소리를 들으면서도 죄책감 없이 보일러를 빵빵 트는게 제일 좋은 방법이지 싶다. 이 정도 추위는 견뎌야 오로라를 보러 갈 수 있지.

나 괜찮으니까 걱정하지 마

창피하거나, 너무 화가 나거나, 억울하거나, 사회의 구성원으로 방관하면 안 되는, 분노를 해야만 하는 의무감이 있는 사건에 관련된 내용의 것들은 왠지 모르게 마음이 불편하여 나도 모르게 피하고 안 보게 된다. 그것들이 마치 내 감정이고 내 책임인 것처럼 느껴진다. 또 즐겁게 시작된 스토리라도 내심 결말이 서로에 대한 증오와 파멸로 마무리될까 두렵다. 그렇게 감정을 회피하는 내가 영화제가 아니더라도 하루 종일 아무것도 하지 않고 하루 3~4편씩 영화에만 매달리는 시기가 찾아오곤 한다. 조조 영화부터 시작해 중간중간 혼자 밥도 먹으며 3편 정도 보고 나면 저녁이 되어있다. 그 시기는 몇 주씩 계속된다. 영화에 대한 갈증과도 비슷한데 사실은 갈증이라기보다는 술에 취하고 싶은 느낌에 더 가깝다. 우울증이 시작되고 있다는 증거다. 그쯤이면 인생이 어찌나 길게만 느껴지고 고단한지 이성이 있을 때야 분별 있게 바쁘니까, 더 중요한 할 일이 있으니까, 돈을 아껴야 하니까 등등의 이유로 영화를 미루기도 하지만 괴로운 사람이 맨날 술에 취하지 않고는 못 견디듯 나는 그 시기 영화에 취하지 않고는 못 견딘다. 영화를 무슨 맛인지도 모르고 마냥 마셔댄다. 지칠 때까지. 아무래도 사람을 죽음 앞에서 비굴하게나마 붙잡아 주는 것은 취하게 만드는 것들인가 보다. 영화관에서 옛날에 인기가 많았거나 대작이었던 오래된 영화를 종종 재개봉하기도 하는데 한번은 보고 싶었던 대작을 영화관 스크린에서 감상하는 쾌거를 이뤄내기도 했다. 마치 영화 역사에 손을 얹는 느낌이었다.

영화를 보고 있노라면 마치 당장이라도 죽을 것 같다가도 할 일이 너무 많게 느껴진다. 그래 그냥 죽으면 억울하지. 하지만 그것보다도 왠지 뭔가 알 수 없는 행복한 것이 아직은 기다리고 있을 것만 같은 느낌. 아직은 죽으려면 멀었다. 이대로 죽으면 분명히 후회하고 말 것이다. 살려주세요. 제발 누군가가 나를 잡아주기를. 죽음이 멀지 않은 곳에 있다는 느낌이 미칠 듯이 엄습해 오면 밖으로 나갈 수도 없다. 조급해진다. 아직은 죽고 싶지 않은데. 이렇게 내 안에는 어떤 생명력이 강한 무언가가 발버둥 치고 있는데. 시간이 흐르고 있다는 것조차 느끼지 못하다가도 어느새 잠에서 깨어나듯 (정말 이 표현이 정확하다. 잠에서 깨어난 느낌이다) 그렇게 누군가의 옆자리였던 그곳으로 슬며시 돌아온다. 정신과 선생님은 내 상태를 파악하기 위해 가끔 잠은 잘 자냐고 묻는다. 잠이 안와 수면제를 받아갈 때는 언제고 컨디션이 좋을 때 물어보면 '내가 언제 잠을 못 잤나? 왜 그런 걸 물어보지?' 하고 생각한다. 환생하여 새 세상에 태어난 듯 망각은 심각하다.

사주에서 나에게 귀문관살이라는 살이 있다던데 왜 도화살도 아니고 역마살도 아니고 귀신이 붙어 뒤흔드는 귀문관살이냔 말이다. 내가 평소 감정의 기복이 심하고 예민하여 우울증이 낫지 않는 것이 그에 대한 영향이라던데 참 난

감한 상황이다. 그렇다고 살풀이를 할 수도 없잖은가. 사람은 자신의 삶을 어디까지 껴안고 받아들일 수 있을까. 내가 극단의 상황이라고는 생각하지는 않지만 의지박약한 내 정신도, 그걸 견디지 못하는 육체도 참 싫고 버겁다. 조금 긴장하고 스트레스를 받으면 설사와 소화불량이 심하게 오고 조금 더 심해지면 미주신경실신발작이 일어난다.

인간의 몸에는 교감신경과 부교감신경이 있는데 교감신경은 싸울 때의 반응 즉, 심장이 빨라지고 숨이 가빠지고 혈압이 올라가고 소화가 억제되는 증상들을 일으키고 부교감신경은 반대로 혈압, 맥박이 낮아지는 휴식을 취할 때의 반응을 일으킨다. 사람이 운동을 하거나 해서 교감신경이 올라가는 상황에 닥치면 교감신경이 올라가는 동시에 부교감신경이 같이 올라가며 서로 조절을 해주는데 이 부교감신경이 조절이 안 돼 교감신경보다 지나치게 반응하여 일어나는 병, 일종의 장애이다.

갑자기 몸에 힘이 빠지고 입에서 쇠 맛이 나는 경기의 전조증상이 나타나고 곧이어 혈압이 갑자기 떨어져 머리가 차가운 느낌이 나고 눈앞이 까매지고 심하게 어지럽다가 토하고 쓰러진다. 생명의 지장이 있는 병은 아니지만 그렇다고 딱히 치료법이 있는 병도 아니고, 그러나 한번 증상이 일어나면 하루 종일 아무것도 하지 못해 일상생활에 이런저런 제약이 많이 생긴다. 이 때문에 들고 뛰는 심한 운동은 피하게 되고, 내가 처음부터 끝까지 긴장하며 오래 서 있어야 하는 수술실에서 일하다가 그만둔 이유 중 하나이기도 하다. 이석증과 더불어 이 병 때문에 낯선 곳에서 갑자기 아프게 될 것을 몹시 경계한다. 이 두 가지 병의 증상은 어지럼과 구토가 공통되어 나는 평생을 어지럼과 구토에 시달려왔다. 그리하여 나의 아픈 모습을 보지 못한 사람과 위험한 순간이 닥칠지도 모를 상황에 함께하게 된다면 상대방이 놀랄 것을 염려해 '내가 갑자기 아파도 놀라지 말라'고 반복해 당부를 한다. 스트레스를 받으면 아프고, 아프면 스트레스도 끝나지 않는 악순환인 것이다.

살다보니 내가 사람을 죽인 것도 아니고 유명인도 아닌데 뭘 그리 숨길 거 있나. 같이 나누면 좋은 거고, 나눠서 누가 가져가면 더 좋은 거고, 가져가서 행복하면 더더욱 좋은 거 아닌가. 미친 듯이 달리다가 갑자기 막다른 길에 막힌 느낌이다. 다시 어느 정도는 돌아가야 하는데 조금 귀찮은. 그래서 잠깐 앉아 있고 싶은. 사실 막다른 골목도 누군가는 사는 곳이었다. 항상 그 막다른 골목엔 누군가의 따뜻한 집이 있는데 우리는 인생의 끝인 것처럼 절망했다. 골목에 낭떠러지는 없다. 실제로도 막다른 골목에 낭떠러지가 있는 것을 본 적이 있는가. 단지 누군가의 집 대문이거나 담장일 뿐. 겁나고 귀찮지만 움직이면 또 어떤 기회를 만나게 될 것이고 어떤 재미있는 누군가를 알게 될 것이고, 기억에 남을 일들이 생길 것을 안다. 나처럼 누구나 두려움에 떨며 살아갈 것이다. 내가 긴장하듯 저 사람도 긴장하고 있다고, 내가 설레듯 저 사람도 설레고 있다고 생각하면 사는 것은 그렇게 외롭지 않다. 이미 혼자인 게 아니더라.

산다는 건 논리정연하게 퍼즐을 끼워 맞추고 나열하는 것이 아니라 엉망이 됐든 난리가 됐든 출제자의 의도를 파악하고 주인공이 전하고자 하는 의미만 제대로 받아들이면 되는 거 아닌가. 연출이고 스토리고 간에 당최 개판인 영화에서 두 시간이 넘는 시간 동안 인물들이 주고받는 수많은 말들 중 하나만 내 가슴에 꽂히면 그것참 멋진 영화 아니던가.

죽으려고 하면 뭔들 못하냐고 말하지만 못한다. 죽으면 죽는 거고, 하면 하는 거지 왜 죽음을 연결시켜서 하게 만드나. 나는 살기 위해서 뭔가를 하는 것이지 죽기 위해서 하는 게 아닌데. 뭔가를 꼭 해내겠다는 것이 삶을 바탕으로 하는 것이지 그것을 하다 죽는다고 생각하면 하지 않을 것이다. 하기 싫은 건 죽어도 하기 싫고, 못하는 건 죽어도 못한다. 그것은 스스로에게 하는 학대이다. 죽음과 맞바꿀 정도로 강박을 가지고 꼭 해야 하는 일은 또 뭔가. 정말 그래야만 하는 일이 있나.

도저히 못하겠으면 제발 하지 말아. 그게 왜 당신들한테 비난 살 일이야, 난 아무에게도 잘못한 적이 없는데. 도저히 견디기 힘들면 도망가고 감당하기 어려울 만큼 무거우면 그냥 버리지. 내가 죽겠다는데 책임감이 다 웬 말이야. 나는 그 악마의 아가리 같은 우울증 속에서 몇 번이나 목을 감았다 풀었다 반복하면서도 여태 살아있을 수 있던 이유는 아마도 이기적이고 책임감이 없어서일지도 모른다. 그래서 아직 죽지 않고 버틸 수 있었을지 모른다. 사실 나 자신이 만들어 낸 공포의 허상이나 과거에서 온 고약한 후유증 말고는 나를 짓누르는 것이 없었다. 아무것도 중요한 것이 없었기에 이런 방식으로 살다가 지치면 저런 방식으로도 살아보고 또 지치면 다시 다른 방식으로 방황하기를 반복할 수 있었고 살아야 할 이유를 찾아 헤맨다는 핑계로 삶과 죽음의 경계를 오가며 아직 삶을 연명하고 있는 것이다. 나는 지켜야 할 것도 지키고 싶은 것도 없을 뿐더러 의무감도 책임감도 누구를 위한 죄책감도 내 기준에 속해있는 당위성에는 해당하지 않았다. 다만 최소한의 절충안으로 글을 쓰는 것뿐이다.

다만 나는 간절하다는 게 도대체 무엇인지 궁금했었다. 간절하면 이뤄진다거나 간절하면 성공한다고 하는데 내가 언제 뭔가에 간절한 적이 있었나. 아빠가 죽기를 간절히 바란 적은 있다. 이뤄지고 말고는 내가 결정할 수 있는 게 아닌데 그게 왜 간절함과 연결이 되는지 알 수 없었다. 그러나 간절함에 대해 조금 깨닫는 일을 겪게 되었다. 외국에 배낭여행을 갔을 때였다. 나는 독일에서 체코로 넘어가기 위해 기차에서 버스로 환승을 해야 했는데 미리 예매해놨으면 괜찮았겠지만 나는 원체 성향이 미리 정해놓는 것을 싫어하는 까닭에 언제 무슨 일이 생길지 모르고 마음이 어떻게 바뀔지 모르는 여행길에서 비행기 말고는 아무것도 예매를 하지 않는다. 그래서 떠나기 전날 표를 끊었더니 멀지 않은 거리임에도 환승을 해야 했다. 표 자판기에서 표가 5장이나 나오는 것이었다. 기차표, 버스표, 시간표, 영수증, 하나는 기억이 안 난다. 게스트 하우스에서 이층침대를 같이 쓴 킹스맨의 에그시를 닮은 25살 미국인 니콜라스는 자기는 체코에서 독일로 넘어왔는데 한 번에 넘어왔다고 자랑을 했다. 그는 남자다운 몸을 자랑하려는 듯 윗옷을 벗고는 '내일 잘 가.' 라는 말과 함께 나를 껴안았다. 같이 밥 먹으며 그 애가 킥복싱을 한다고 했을 때 내가 '너, 운동 더 해야겠다'고 농담을 했기 때문일 것이다.

체코로 가는 버스를 갈아타는데 시간이 촉박했다. 게다가 티켓에는 어디에서 타는 건지 영어로 쓰여 있지도 않았다. 찾을 수 있을 거로 생각하고 이리저리 헤매다 결국 지나가는 사람 아무나 붙잡고 물어보았다. 사실 누군가에게 길을 물어볼 때는 친절할지 아닌지, 이곳을 잘 알지 아닌지, 영어는 할 수 있는지 아닌지 성별 나이 인상 등을 살핀 후 물어보곤 하는데 급하니 그런 건 안중에도 없다. 손을 뻗어 닿는 거리에 있는 사람이면 무조건 내 구세주! 지나가던 어느 아주머니에게 물어보았더니 버스 타는 곳까지 땀을 뻘뻘 흘리며 같이 뛰어가 주었다. 그 친절함을 아직도 잊을 수 없다. 그런 게 간절함 아닐까. 앞뒤 생각 안 하고 무조건 뛰어들게 하는 다급함! 돈을 빨리 벌고 싶은 다급함, 저 사람이 나를 빨리 좋아해 줬으면 하는 다급함, 저 나라를 꼭 빨리 가고 싶은 다급함. 다급함이 아니라고 할 수 있을까. 돈도, 사랑도, 여행도 90살에 이뤄질 것이라고 신이 약속을 해준다면 만족하지 않을 것이다. 언젠가가 아니라 지금 당장 빨리 내 것이 되었으면 하는 것. 놓치면 안 돼 것. 그게 사람이든 버스든 돈이든.

당신과 함께

나는 행복해지겠다고 다짐했지만, 분명히 내일이면 또다시 나를 불행하게 할 이유를 찾아다닐 것이다. 마치 그것이 없으면 안 되는 것처럼, 나를 살게 하는 진짜 이유인 것처럼 말이다. 은밀히도 나를 괴롭힌다. 인생이란 마약과 같다. 나는 죽어가지만, 순간에 살아있다. 글을 쓰는 순간에도 나는 언제 죽을까 고민한다. 우선 공공임대주택 10년짜리에 당첨이 되면 10년은 살아있을 것 같다. 중간에 무슨 일이 있을지는 모르지만, 집 때문에 죽는 일은 없겠지. 3년 시한부 인생을 선고받으면 3년은 아등바등 살려고 노력할 것이다. 원래 인간이란 동화 속 청개구리 같아서 하지 말라면 하고 싶고, 하라면 하고 싶지 않은 것이 본능이니까. 얼른 나에게 죽으라고 단두대를 갖다 주시오. 그러면 나는 급히 살고 싶어질 테니. 목숨을 부지하기 위해 어디로든 도망가겠지, 죽을힘을 다해서. 논점을 흐리려고 방해하는 것들은 어디든 있다. 그리고 안정의 영역에 들어오면 나는 비아냥거리듯 다시 죽음을 생각할 것이다. 단두대에서 죽는 것은 싫다, 내가 스스로 죽겠다 하면서. 내가 긴긴 세월을 살다가 늙어 죽는다면 그때까지 이 광증을 반복해야 할 것인데 그 생각을 하면 더 미칠 것 같다. 이 삶에 대한 변덕스러운 집착은 세상과의 괴리감 속에 언제나 안정을 추월하며 생의 본질을 골몰하게 한다.

언제나 조금 삐뚤어지고 중요한 것들을 망각하고 있는 것은 사실이나 한 인간이 태어나기 전부터 어느 정도 정해져 있는 영혼의 본질은 노력으로 인해 바뀌어 지는 게 아니라는 생각이 든다. 이런 고상하지 못하고 부주의하며 때론 권태로운 인생이지만 나에게도 행복이라는 욕구가 있다. 누구든 함께 녹아들길 원한다.

중환자실에서 일할 때 오동동 타령을 부르며 죽어가던 할머니가 자주 생각나곤 한다. 덩치가 컸지만, 인상이 좋았고 보호자들의 성격에 비해 할머니는 인자했다. 치매로 제정신이 아니어서 나만 보면 기저귀속에 조그만 게가 돌아다닌다고 잡아달라고 했다. 안쓰러워 나는 잡는 시늉을 했는데 그럼 거기가 아니라고 다시 잡아달라고 했다. 치매가 심한 할머니들은 하루 종일 쉬지 않고 소리를 지른다. 건강한 나도 그렇게 하려면 힘들 것 같은데 도무지 지치지 않는다. 하루 종일 그 소리를 듣고 있으면 신경이 곤두서고 정신이 없어 일이 되지 않는다. 그 할머니는 하루 종일 소리를 지르지는 않았지만 오동동 타령 노래를 불렀다. '오동추야 밝은 달아 오동동이냐……' 나는 그 노랫소리가 좋았다. 집에 와서도 뇌리에 남아있는 오동동 타령을 흥얼거렸다. 나는 가끔 생각한다. 내 눈앞에서 돌아가신 할머니들도 나를 기억해 주었으면 좋겠다.

산다는 게 참 어찌 보면 다 정해져 있는 순리이고 예정된 여행 같은 것인데 우리는 전혀 몰랐던 것처럼, 모든 나쁜 시련들이 나에게 있어선 예외인 것처럼 그리하여 마치 처음 듣는 양 너무도 순진하게 아무 완충재나 방패 막도 없이 일관되게 새로운 고통을 또 새롭게 맞이한다.

세상 사람들은 내가 생각하는 것보다 각자의 사고방식이 훨씬 다르고 복잡하며 예상할 수 없는 의외성을 띠고 있다는 사실을 살면서 깨닫는 일이 많다. 내 글에 대해 생각한다. 온갖 더럽고 의심스럽고 절망적인 것들만 가득 넣고서 이타적인 것이라곤 요만큼도 찾아볼 수 없으니 충분의 불의하고도 남는다. 또한 이 글을 읽는 누군가에겐 배신으로 혹은 폭력으로 느껴질 수도 있겠지. 좋은 영향이 내 몫은 아닐지 모르지만 억지로 하는 것만큼 우스꽝스러운 것도 없다고 본다. 어차피 받아들이는 것은 각자의 몫이니까.

한 가지 내 삶의 경험에 따라 믿고 있는 것은 사람은 각자 가지고 있는 기운이 있어 그 기운으로 나와 비슷한 사람을 끌어당기기도 나와 안 맞는 사람은 밀어내기도 하는데 그래서인지 여러 사람이 모여 있을 새로운 곳에 가게 되면 언제나 나와 비슷하거나 내가 편안해하는 스타일의 사람들 혹은 서로를 배려하고 따듯한 사람들이 모여 있었고 그리하여 나는 비교적 즐겁게 섞여 머무를 수 있었다. 내가 떠날 때 쯤 되면 나와 맞지 않고 피곤한 스타일의 사람들이 나를 피해가며 모여들기 시작하는데 그와 맞물려 시간차, 공간 차로 타이밍 좋게 벗어날 수 있었다. 아마 이런 사람들이 진작 모여 있던 곳이라면 어떤 안 좋은 느낌으로 인해 나는 애초에 그곳을 선택하지 않았을 것이고, 뒤늦게 합류하거나 모여든 그들은 또 그들대로 서로 맞기 때문에 만났을 것이다. 보이지 않는 힘이 너무도 명백히 느껴진다. 그래서 나는 내가 어딜 가든 그런 종류의 걱정은 하지 않는다.

한껏 세상을 향해 염세적인 시선으로 비난하고 냉소하던 이런 나에게도 사실은 말하기 부끄러운 꿈이 있다. 나만의 신념과 가치관으로 공동의 이익을 위해 구현하고 싶은 것들도 있고, 섬세하고 따뜻하게 다른 이들에게 전달하고픈 것도, 불평등이나 부도덕한 것에 맞서 싸우고 싶은 것도 있으며, 한 템포 느린 걸음으로 나눔이라는 궁극적인 목적을 이루고도 싶다. 남은 인생은 이것들을 조금이나 실현해보고자 노력하며 살 수 있지 않을까. 내가 나를 소용돌이 속으로 끌고 들어가는 힘을 견딜 수 있다면 말이다.

아무래도 나이가 먹어갈수록 재미있어지는 것은 다양한 경험과 많은 사람들을 만나게 된다는 것 그리고 그 안에서 얻는 것 또한 많다는 것이겠지. 아무래도 나이를 들어가는 것이란 견제해야 할 것들이 많아지는 만큼 뻔뻔하리만치 능숙하게 대처하게 되고, 삶이나 사람에 대해 편하게 상대할 여유가 생기고, 만나고 떠나는 일이 자연스러워지며, 나를 표현하는 것에 대해 부끄러움이 없어지니 그동안 못 봤던 많은 것들이 시야에 들어오는 것. 사소하지만 나에게 중요한 것과 덜 중요한 것을 구분할 줄 알고, 취할 것과 버릴 것이 분명해지는 것. 내 판단이 잘못돼도 후회하지 않고 다음을 기약할 수 있는 용기가 생기며 점점 삶이 만만해지는 것. 이미 놓친 것에는 아쉬움이 없고 아쉬움이 있어도 미련을 버릴 줄 아는 것. 용기 내어 한 발짝 다가갈 줄 알고 거절당해도 창피할 것 없고, 인생의 자연스러움을 깨달아가고 받아들여가며 하루만큼 성숙해지는 것. 그렇게 무던히 조금은 다정하게 세상에 다가가며 가끔은 감정의 소용돌이 속에서 괴로워 푸념하다가도 언제 그랬냐는 듯 훌쩍 나와서는 나에게도 너에게도 엄격하지 못한 탓 풀어진 인생사에 오늘도 서로 낄낄 웃어 재낀다.

내 거칠고 딱딱한 껍질을 깨고 들어와 준 그들에게 나 역시 좋은 의미가 되고 싶었다. 세속적인 자랑거리가 되어주는 것 말고 하나의 조각으로 스스로를 인정할 때까지 삶의 열병에 시달리다 각자의 벌룬을 띄울 때 멀리서 그 풍경과 조화되는 모습을 감상하며 그들의 삶을 찬미해주고 싶다. 앞으로도 나는 그들에게 무관심하게 의지하며 살아갈 것이다.

다시금 떠오르는, 보고 싶고 고마웠던 사람들이 있다. 어떻게 지내는지 찾아보려 해도 어쩔 땐 이름조차 생각이 나지 않는다. 그들의 관심이 너무 부담스럽고, 더 가까이 가면 내 모습에 실망하고 돌아설까 봐 두려워 꼭꼭 숨었다. 지금 내 주위에서 나에게 관심과 애정을 가져주는 사람들을 놓치지 말아야겠다. 그땐 몰랐던 것들이 이제야 조금씩 보인다. 주변인들의 나에 대한 관심과 애정, 눈길, 그걸 몰랐었다. 어려서부터 뭐든지 혼자 했어야만 하는 자신, 남이 나를 어떻게 보고 내가 남에게 어떻게 보이는가 보다는 내가 어떻게 살아나 갈 것인가 라는 생존의 문제에만 관심을 쏟던 나 자신. 누군가의 관심마저 두려워 눈치 보고 숨고 도망가고 모른 척하고……. 그들의 손길을 피하지 말자. 그들의 관심에 고맙다고 지금까지 나의 무감각함이 당신의 맘을 상하게 했다고 말해 보아야겠다.

나도 뭇 영화처럼 열린 결말을 선사하고 싶다. 열린 결말이란 해피엔딩을 전제로 하지만 슬픈 엔딩이어도 슬프지 않기에 열려있다고 표현하는 것이 아닐까.

마치는 글

—

　내 마음은 더욱 빈곤해져갔다. 다른 이들은 슬퍼하고 원망할 명분이 확실할 거라고 스스로에게 핑계를 대었고 이 우울함이라는 정서적 폭풍우 속에서도 절망할 명분조차 없어 숨어서 눈치 보기 증상은 더욱 심해졌다. 흐지부지 끝나버릴 삶을 견디고 있음이 한심해 차라리 '미워할 것이라도 주세요, 대신 핑계거리라도 삼게'하고 구걸하고 싶었다.

　어떤 주제든, 어떤 장르든 소설을 읽을 때 앞에 30페이지만 읽어도 이 책의 전체적인 분위기나 문체, 장르가 어떨지 감이 잡힌다. 그리고 그 책을 덮을 때까지 예상은 크게 벗어나지 않는다. 코믹이 갑자기 공상 과학이 되거나 호러물이 갑자기 러브스토리가 되지 않는다. 아직 인생이라고 말하기엔 어리지만 서른을 살고 문득 그런 생각이 들었다. 내 인생도 그렇지 않을까. 앞으로도 내 삶의 분위기가 지금까지 살아왔던 이 정도 만큼이지 않을까. 이정도의 행복과 이정도의 슬픔과 이정도의 우울이겠구나 싶다. 살면서 어느 날은 행복하기도 어느 날은 불행하기도 하겠지만 그이상이나 이하는 없겠구나 하는 슬픈 예감이 든다. 그걸 바라는 것도 아니고 내 예상이 틀렸으면 하는데 그 느낌은 어쩔 수가 없다. 무겁게 내 삶을 감싸고 내려앉았다가 사라지는 안개처럼 내 마음을 불안으로 무력하게 만들었다. 그러나 이러한 마음속에 정리되지 않은 채 대단히도 주체적이고 단단하게 엉켜서 가라앉아 있던 감정들을 표출하고 전달

할 수 있어서 나에게 축복의 시간이었다. 참 유심히도 뜯어보았다. 나의 내면에 대해서. 스쳐 지나가는 듯했지만 나의 금 간 곳들을 채워 온 많은 부스러기들까지 곁들여 스스로에게 선사하고 싶었다. 울부짖듯이 뱉어내니 어찌나 시원하던지. 한편으로는 오기가 들어서 이런 나라도 사랑할 수 있겠냐는 듯한 마음으로 글을 써 내려가기도 했다. 나를 아끼고 사랑해주는 사람들을 마구 괴롭히고 싶었다. 현기증 날 정도로 수많은 감정적 위도를 오가며 똥물 흘려보내듯 써 내려갔다. 책을 쓴다는 것은 나는 누구의 비난에 상관없이 나로 살겠다는 선언인 동시에 모든 이들에게 내 패를 먼저 까 보이는 것이었다. 스스로 갈등을 겪고 쓰러지고 이겨내길 반복하며 또 허물어지겠지만 더불어 단단해지는 것을 느꼈다.

조금 다행이라고 생각하고 맘이 놓이는 것은 이제 내가 갑자기 죽어도 아무도 의아해하거나 놀라지 않을 것이라는 것. 있지도 않은 진실을 찾으려고 하는 헛수고는 하지 않을 거라는 것. 조금은 더 당당히 내 나름의 삶을 살 수 있을 거라는 것, 내가 어떤 인간 군상이었는지 조금은 이해할 수 있을 거라는 것이다.

조류에게 조류학이 필요하지 않듯 인간에게 철학이 필요하지 않다고 했나. 과학이든 사랑이든 사람이 하는 일이기 때문에 모든 것들은 사람의 뜻대로 흘러갈 것이다. 너무 완벽해도 매력이 없다고 생각한다. 마치 미래의 세계를 보듯. 미래 도시를 가상으로 멋지게 그려놓은 것을 보면 유리 돔으로 둘러싸인 공중 도시가 있고, 자동차는 흘러 다니듯 날아가고, 도시와 건물 간의 통로는 블랙홀 같다. 풀, 나무, 꽃 하나 없는 그 지나치게 과학적으로 화려한 도시가 나는 너무 아쉬웠다. 쇠 말고는 존재하지 않는 듯하다. 유럽의 오래된 낭만적인 도시들과 알프스 아름다운 풍경은 어디로 갔는지, 각 나라들의 전통적인 건물이나 분위기, 각각의 특성을 지켜 온 그들만의 정서가 담긴 무늬와 색깔들은 어디로 갔는지, 터키의 유리같이 투명한 소금사막은, 무협지에나 나올 것 같은 중국의 황산은 어디로 갔는지 말이다. 진정 이런 것들이 공중도시나 날아다니는 자동차보다 더 소중하지 않은 걸까.

글을 쓰고 지우기를 반복하며 느낀 것은 간직과 기록의 가치 그리고 내가 스스로에게 얼마나 솔직해질 수 있는지 알 수 있는 방법이 글쓰기라는 것이었다. 일기장에조차도 솔직할 수 없는 이들이 꽤 많지 않을까. 글쓰기는 나의 역사를 남기는 동시에 나만의 드라마를 쓰는 것이다. 전래동화의 대표작인 콩쥐팥쥐는 나에게 우리나라를 대표하는 전래동화라고 생각하던 시절이 분명히 있었음에도 불구하고 서른 넘었다고 이제는 내용도 가물가물해 잘 생각이 나지 않는다. 둘이 이복자매였나, 엄마가 괴롭했나, 결말이 어떻게 됐나 생각하다가 갑자기 콩쥐가 신데렐라로 변하는 것은…… 콩쥐가 독 사과를 먹었는지 유리 구두를 신었는지 그래서 어떻게 됐는지 뒤죽박죽이고 옛날에는 왜 콩쥐팥쥐가 그리도 중요했는지 모르겠다. 이렇게 모든 이야기는 변질하고 왜곡되거나 잊히기 마련이다. 글쓰기를 하며 나에게 수많은 대화를 시도했다. 전화기 끊기듯 예고 없이 툭툭 끊겨버리는 대화를 잇기 위해 끊임없이 시도하고 또 시도했다. 너는 어떻게 생각하고 느끼는지 다른 사람의 의견에 상관없이 솔직하고 뚜렷한 나만의 주관을 담기 위해 애썼다. 단지 누군가의 말을 동조하거나, 남들이 좋아할 만한 이야기만 골라서 하거나, 눈치 보며 하는 의미 없는 이야기를 쓴다면 그저 손가락 노동에 지나지 않겠지.

글을 쓰면서 청소하는 기분이었다. 이제는 죽어버린 땅에 떨어져 있는 낙엽들을 빗자루로 쓸어 모아 책이라는 자루에 글자로 담아 버리는. 여기저기 흩어져 어떤 것들은 멀리까지도 날아가 치울 엄두도 안 나 바라보기만 할 뿐이었던 쾌쾌한 낙엽 쓰레기들. 이제는 바닥이 눅눅할지언정 조금은 깨끗해진 기분이다. 청소를 해 마음이 가볍다. 하나하나 주워 올린 낙엽들의 형태가 너무 온전해 믿기지 않는다. 바닥에 달라붙어 줍다가 찢어질 거라고 생각했는데 그게 아니었나보다.

　누구나 힘들다 한다. 다들 똑같이 아프고 힘들지만 이겨내며 살아간다 한다. 그렇겠지만 그것도 사실이겠지만 나는 사람이 너무 다름을 느낀다. 결국 나는 그가 아니고, 그가 될 수도 없으며 그리하여 우리는 결국 타인에 대한 추측으로 희망 섞인 위로를 스스로에게 하는 것이라 생각했다. 이래라저래라 하는 이야기보다 개인적인 이야기에, 나처럼 누군가 또 그런 사람이 있다면 나의 이야기도 누군가에게 위로가 되지 않을까 혹은 관점에 따라 재미있는 이야기가 되지 않을까 싶었다. 누군가에게 도움이 된다는 생각도 나는 좀 주제 넘는 일인 것 같아 말을 하기가 꺼려진다. 도움이란 게 주고 안 주고의 문제가 아니라 받느냐 안 받느냐의 문제니까 말이다. 그것은 전적으로 상대방에게 달린 일인데 도움을 준다는 것에는 뭔가 오만하고 애매한 부분이 있다.

　이 책은 나의 가식으로 인한 마음의 가책을 덜어 줄 거라는 개인적인 욕심 더하기, 나에게 상대적 우월감이라도 얻고 잘살아보라는 응원 더하기 등등의 온갖 조잡하고 조악한 명목을 가지고는 있지만 가장 최고의 목적은 스스로의 치유다. 나는 책을 쓰며 나를 받아들이고 내가 특별하다는 착각이나마 할 수 있는 변화를 겪었으니까 말이다. 나의 궤도가 낭떠러지와 절벽타기를 반복하는 불안정한 궤도라도 궤도라는 것은 어쨌든 안정적이니까 나는 그 불안정한 궤도를 안정적으로 고단하게나마 꾸준히 걸어갈 것이고 조용히 변두리를 서성이듯 이렇게 하루하루 내디디며 저 멀리까지 걸어갈 것이다. 어느새 저만큼이나 터덜터덜 갔구나 하겠지. 태양이 지구 반대편으로 사라지듯 자연스럽게 스르륵 소멸할 때까지 끊임없이 걷고 쓸 것이다. 내 글이 쾌쾌한 장롱 속에 숨어있지 않게 한바탕의 긴 묶음을 만들어 낼 수 있도록 도와주신 분들에게도 감사드립니다.